소여동의 빛

소여동의 빛

초판 1쇄 펴낸날 2023년 8월 10일

지은이	최이랑
편집장	한해숙
편집	신경아, 이경희
디자인	최성수, 이이환
마케팅	박영준, 한지훈
홍보	정보영, 박소현
영업관리	김효순
펴낸이	조은희
펴낸곳	주식회사 한솔수북
출판등록	제2013-000276호
주소	03996 서울시 마포구 월드컵로 96 영훈빌딩 5층
전화	편집 02-2001-5822 영업 02-2001-5828
팩스	0303-3440-0108
전자우편	isoobook@eduhansol.co.kr
블로그	blog.naver.com/hsoobook
페이스북	chaekdam
인스타그램	chaekdam

ISBN 979-11-92686-76-9

※ 저작권법으로 보호받는 저작물이므로 저작권자의 서면 동의 없이
　다른 곳에 옮겨 싣거나 베껴 쓸 수 없으며 전산장치에 저장할 수 없습니다.
※ 책담은 한솔수북의 청소년·성인 대상 브랜드입니다.
※ 값은 뒤표지에 있습니다.

큐알 코드를 찍어서
독자 참여 신청을 하시면
선물을 보내 드립니다.

 다른 내일을 만드는 상상

소여동의 빛

최이랑
지음

차례

불길한 기운 ·········· 7

혼자 걷는 길 ·········· 15

소여동의 빛 ·········· 25

할머니의 이유 ·········· 34

싸워 보았자 ·········· 45

맹랑한 바람 ·········· 55

빛나는 얼굴 ·········· 64

곁에 있는 사람들 ·········· 75

싸움꾼 조은채 ·········· 86

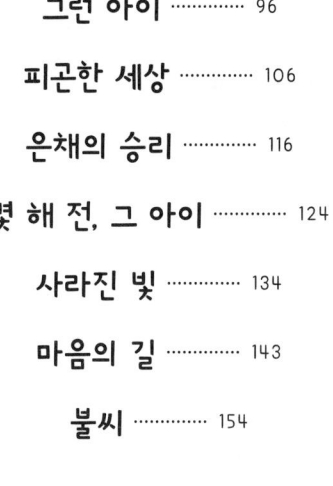

그런 아이 ……… 96

피곤한 세상 ……… 106

은채의 승리 ……… 116

몇 해 전, 그 아이 ……… 124

사라진 빛 ……… 134

마음의 길 ……… 143

불씨 ……… 154

작가의 말 ……… 163

불길한 기운

알람이 울렸다. 예림은 두 눈을 감은 채 몸을 외로 틀며 휴대 전화를 잡았다. 알람은 'open eyes'. 사운드어스에 올라온 '선인장꽃'의 노래다. 솔직히 느릿느릿 읊조리는 듯한 선인장꽃의 노래는 깊은 잠을 깨우는 알람에 어울리지 않았다. 멜로디 따라 노랫말을 타고 더욱 깊은 잠으로 빠져들어야 할 것 같은 기분이랄까. 선인장꽃의 노래는 단조로우면서 노랫말이 귀에 착착 감겼고, 평이한 듯 긴장감 넘치는 멜로디 라인에 화려한 스킬은 없었다. 투박하지만 진솔한 느낌. 가식적이지 않은 노래. 그래서 예림은 선인장꽃의 노래가 좋았다.

문밖에서 엄마 목소리가 들렸다.

"안 일어나니?"

예림은 자리에서 발딱 일어났다. 기상 알람의 성능으로는 엄마 목소리가 최고다. 3학년 1학기 중간고사 마지막 날 아침을 엄마의 잔소리로 시작할 수는 없었다.

"다녀오겠습니다!"

집을 나서며 예림은 곧장 헤드폰을 뒤집어썼다. 그리고 사운드어스에 접속하여 마이뮤직을 클릭했다. 예림이 사운드어스에서 찜해 놓은 노래들이 하나씩 플레이되기 시작했다. 그중 대부분은 선인장꽃의 노래였다.

예림은 덕원빌라 다동 102호에 산다. 덕원빌라는 소여산 진입로 바로 옆에 자리 잡은 빌라 단지인데, 가동부터 바동까지 모두 여섯 개 동으로 이루어져 있다. 각 동은 한 개 층에 네 가구씩 모두 4층짜리 건물로 지어져서 한 개 동에 거주하는 세대는 열여섯 가구가 전부였다. 지어진 지도 꽤나 오래되어서 건물 외벽은 붉은 벽돌에 성의 없이 칠해진 시멘트가 불뚝불뚝 튀어 나와 있고, 빌라 단지를 둘러싸고 있는 야트막한 시멘트 담장에는 가로세로로 길쭉한 금이 쩍쩍 그어져 있었다. 당장 철거한다고 해도 어색하지 않을 만큼 덕원빌라를 비롯한, 소여동에 있는 집들은 거의 비슷한 모양새였다. 그만큼 변화가 없는 동네, 무척이나 오래 묵은 동네가 소여동이었다.

"김예림, 또 사운드어스 들어?"

덕원빌라를 지나 학교로 넘어가는 갈림길에서 예림은 은채를 만났다. 은채는 초등학교 때부터 예림과 늘 붙어 다닌 절친이었다.

예림이 환한 얼굴로 은채를 맞았다.

"응, 지난주에 올라온 '오픈 아이즈', 들을수록 좋아."

은채는 '어련하시겠어!' 하는 표정으로 고개를 끄덕였다.

은채는 연예계에 그다지 관심이 없었다. 특히 예림이 틈만 나면 파고드는 사운드어스에는 더더욱 그랬다. 사운드어스는 프로 세계로 입문하고 싶어 하는 예비 음악가들이 자기가 만든 음악을 업로드하고 평가받는 일종의 시험대 같은 플랫폼이었다. 아마추어들의 모임이라 그만큼 다양한 형태의 음악이 올라왔고, 아마도 그곳에 음원을 올리는 대부분은 청소년이 아닐까 짐작됐다.

예림과 걸음을 맞추며 은채가 물었다.

"넌 사운드어스가 왜 좋아?"

"그냥…… 특별하잖아."

말끝에 예림은 히죽 웃었다.

은채가 물었다.

"애들이 우르르 몰려다니면서 좋아하는 게 아니라서?"

예림은 고개를 까딱 기울이며 잠깐 생각해 보았다. 어쩌면 그럴지도 몰랐다. 예림은 아이들이 떼 지어 열광하는 일에 흥미가 없었다. 조용하고 유니크한 것이 좋았다.

"하기는 좋아하는데 이유가 어디 있겠어. 내 질문이 멍청했다."

은채가 생긋 웃으며 예림의 팔짱을 꼈다. 주위로 똑같은 교복을 입은 아이들이 종종걸음을 쳤다. 시험 보는 날 아침, 아이들은 평소보다 두 배쯤 바쁜 척했다.

바지런히 걸음을 옮기며 예림이 물었다.

"시험공부는 많이 했어?"

은채는 울상 지으며 고개를 저었다.

"치!"

예림이 입을 삐죽 내밀었다. 은채는 아마도 충분히 준비했을 거였다. 그래도 모자란 것 같은 느낌이 남아서 고개를 젓는 걸 거였다. 초등학교 때부터 그랬다. 은채는 매사 철저하고 야무졌다.

은채가 부루퉁하게 말했다.

"국어는 공부해도 잘 모르겠어. 제대로 한 건지, 아닌 건지."

예림이 목청을 높였다.

"그래도 나보다는 훨씬 낫겠지. 안 그래?"

"피이!"

이번에는 은채가 입을 삐죽거렸다. 어차피 성적에 대한 중압감은 상대적인 거였다. 은채는 예림보다 좋은 성적을 받지만, 그래도 늘 부족하고 모자라다 안달이었다.

"넌 엄마가 관대하잖아."

은채의 말에 예림은 고개를 끄덕였다. 엄마는 예림의 성적에 관대했다. 예림이 몇 점을 받든, 반에서 몇 등을 하든 크게 신경 쓰지 않았다. 엄마는 공부도 때가 되면 할 거라는 이상한 주문을 스스로에게 걸고 있었다. 예림으로서는 매우 감사할 일이었다.

예림이 은채에게 물었다.

"어제도 너희 엄마랑 답 맞춰 봤어?"

은채는 아랫입술을 불뚝 내민 채 고개를 끄덕였다. 예림은 고개를 절레절레 저었다. 자신의 엄마가 은채 엄마처럼 성적에 예민하게 반응했다면, 견디기 어려울 것 같았다. 그런 면에서 예림은 은채가 가여웠다.

갈림길 끝에서 왼쪽으로 방향을 틀다가, 은채가 얕게 소리를 뱉었다.

"아, 우리 모교!"

은채와 예림의 눈앞에는 소여초등학교가 있었다. 은채와 예림이 6년 동안 깔깔거리며 활보하던 소여초등학교는 2년 전, 문을 닫았다. 소여초등학교 입학생이 조금씩 줄어든 탓이다.

예림도 소여초등학교의 텅 빈 운동장을 바라보며 말을 던졌다.

"갈수록 더 쓸쓸해지는 것 같다."

처음 입학할 때만 해도 무척이나 크고 꽉 차 보였는데, 2년 동안 교문을 닫은 채 자리만 지키고 있는 소여초등학교는 황폐하고 초라해 보였다. 운동장 가장자리에서 잘 자라고 있던 나무들도 주인을 잃고 생기를 버린 듯 말라 가는 것만 같았다.

소여초등학교를 지나 소여중학교로 걸음을 옮기며 은채가 말했다.

"소여동은 어떻게 될까?"

예림이 두 눈을 크게 뜨고 은채를 보았다.

"그게 무슨 소리야?"

"소여동의 운명 말이야……."

소여동의 운명이라니, 뭔가 거대한 괴물이 소여동을 집어삼키기라도 할 것 같은 느낌이 들었다. 예림은 은채를 보며 두 눈만 슴벅거렸다.

"너무 낡고 오래된 집들만 가득하잖아."

"그게 뭐 하루 이틀 일인가?"

예림이 은채의 말을 받으며 뒤를 돌아다보았다. 소여동은 예림이 태어난 곳이었고, 엄마와 아빠는 그때부터 지금까지 소여동은 달라진 게 없다고 했다. 어릴 적 사진을 보면 엄마와 아빠의 증언은 틀린 것 같지 않았다. 그만큼 변화가 없는 동네라서 예림은 소여동이 좋았다. 오가는 길은 물론 눈앞에 펼쳐지는 집들 풍경, 그리고 동네 사람들 얼굴까지도 예림에게는 전부 익숙하고 친숙했다.

은채가 무시무시한 말을 던졌다.

"이렇게 아무것도 달라지지 않고 시간만 쌓이면 소여동은 결국 쇠락해서 무너질 거야."

예림은 눈썹을 찡그리며 은채를 쳐다봤다.

"우리 모교만 해도 소여동에 뭔가 이슈가 생겨서 새로운 사람들이 소여동으로 들어왔으면, 그만큼 신입생도 생겼을 거 아니야."

"그럼 문을 닫지 않았을 거다?"

은채는 예림을 바라보며 고개를 끄덕였다. 예림은 그제야 은채의 말을 이해할 수 있었다.

"푸우우……."

입에서 한숨이 터졌다. 6년 동안 먼지 풀풀 날리며 뛰어다니고 때론 웃고 울고 싸우고 성을 내기도 하던 공간이 문을 닫은 채, 오가는 사람 하나 없이 스산한 기운만 뿜어내는 건 그리 유쾌하지 않았다.

"저기에 뭐가 들어올 거라고는 하던데……."

은채가 소여초등학교를 힐끔거리며 말을 흐렸다.

예림이 훌쩍 목소리를 높였다.

"진짜? 뭐가 들어오는데?"

은채 아빠는 구청에서 일한다. 그러니까 소여동에 관한 새로운 정보를 들었을 수도 있다. 하지만 은채는 홰홰 고개를 저었다. 무엇이 들어오는지는 모른다고 했다. 은채 아빠가 공표되지 않은 정보를 함부로 발설할 사람은 아니었다.

소여중학교 쪽으로 걸음을 옮기며 예림이 말했다.

"뭐든 좋은 거 들어왔음 좋겠다!"

은채는 좋은 게 뭐냐고 물었다. 예림은 또 해죽 웃었다. 좋은 게 뭔지는 예림도 알 수 없었다.

"우리 학교는 괜찮으려나?"

소여중학교 정문을 지나며 은채가 한숨을 뱉었다. 소여중학교 학생 대부분이 소여초등학교 졸업생이라 어쩌면 소여중학교도 문을 닫게 될지 몰랐다. 예림은 언덕배기에 자리 잡은 소여중학교를 눈으로 훑었다. 옆으로 길게 퍼진 3층짜리 건물은 시간의 역풍을 제대로 맞아 낡고 허술해 보였다. 은채 말처럼 소여동에 변화의 바람이 몰아쳐야 할 것 같았다.

예림은 파드득 몸을 떨었다.

"으으으으!"

1학기 중간고사 마지막 날 아침부터 스멀스멀 불길한 기운이 피어올랐다.

'이러면 안 돼!'

예림은 안 좋은 기운을 툭툭 털어 내고 싶었다. 현관을 지나고 계단을 올라 기다란 복도에 다다르니 시험 대형으로 놓인 책상이 보였다. 이제는 시험에 집중해야 했다. 그런 척이라도 해야 할 것 같았다.

혼자 걷는 길

딩동댕동.

끝 종이 울렸다. 장장 나흘에 걸쳐 진행된 중간고사가 마침표를 찍는 순간이었다. 아이들의 함성과 비명이 교실 천장을 뚫었다.

아이들 목소리 사이로 시험 감독 선생님의 목소리가 솟았다.

"맨 뒷줄에서 답지 걷어 오세요."

뒷줄 아이들은 설렁설렁 답지를 걷어 갔다. 시험 감독 선생님은 머리를 절레절레 흔들며 교실을 나갔다.

은채가 탄식을 뱉었다.

"아, 진짜. 국어 공부 괜히 했나 봐!"

예림은 책상 위에 펼쳐 놓은 시험지를 반으로 두 번 접어서 가방에 집어넣었다. 두 번 다시 들여다보고 싶지 않았다.

"시험 끝났다고 늦게까지 쏘다니지 말고……."

종례하러 들어온 담임선생님 목소리도 천장을 찢었다. 교실 전체 아니, 학교 전체를 둘러싸고 있던 침묵의 성벽이 와르르 무너진 것만 같았다.

"다음 주 월요일에는 급식이 안 나올 거니까……."

"또요?"

선생님 말에 뒷줄에 앉은 서현이 빽 소리를 높였다.

"응, 빵이랑 우유 준비할 테니까……."

서현이 짜증 가득한 목소리로 투덜거렸다.

"그거 먹고 어떻게 하루 종일 버텨요?"

옆에서 서현 패거리 몇몇도 불퉁거렸다. 이내 교실 전체에 퉁퉁거리는 소리가 번졌다. 선생님은 아이들을 살살 어르며 종례를 마쳤다. 와그르르 책상과 의자가 밀리며 아이들이 우르르 자리에서 일어났다.

예림은 잠깐 창밖을 내다보았다. 머릿속에 할머니가 떠올라서였다. 헛헛한 기운이 스며들었다.

은채가 예림에게 다가왔다.

"떡볶이 먹고 갈까?"

은채는 예림의 마음을 꿰뚫은 듯했다. 예림은 힘 있게 고개를 끄덕이며 가방을 둘러멨다.

교실 뒤쪽에서 서현의 목소리가 거칠게 솟았다.

"돈 받고 일하면서 왜 자꾸 파업하는 거야?"

"그러니까 말이야. 우리 앞에서는 만날 잘 먹어야 한다고 그러더니 툭하면 파업이야!"

"아우, 짜증 나!"

서현 말에 패거리들이 험악한 말을 보탰다. 예림의 얼굴이 슬며시 찌푸려졌다. 은채는 힐끗 예림을 쳐다보더니 서현 패거리를 향해 매서운 눈초리를 날렸다.

예림이 은채의 팔을 잡았다.

"가자."

시험이 끝난 날, 모난 구석 없이 편안한 마음으로 시간을 보내고 싶었다. 서현 패거리랑 괜스레 말싸움 벌이며 신경을 곤두세우고 싶지 않았다. 그러려면 모르는 척 서현네를 피해야 했다.

그런데 서현의 입에서 또 거친 말이 쏟아졌다.

"돈밖에 모르는 돈벌레들인 거지. 그런 줄도 모르고 날마다 '고맙습니다.' 인사를 해 댔네!"

예림이 듣기에도 거북했다.

"잠깐만!"

은채가 예림의 손을 잡아떼며, 서현 쪽으로 몸을 틀었다. 예림은 얕게 한숨을 뱉었다. 은채는 이런 일을 모르는 척 넘길 아이가 아니었다.

은채가 기어이 서현을 불렀다.

"야, 강서현!"

서현이 은채 쪽으로 턱을 쭉 내밀었다.

"왜? 뭐?"

얼굴은 잔뜩 일그러진 상태였다.

"넌 그분들이 왜 파업하는지 몰라?"

은채의 말에 서현이 입을 삐죽이며 이죽거렸다.

"또 성인군자 납셨네!"

서현 옆에서 영지가 따지고 들었다.

"야, 우리가 그것도 모를까 봐 선생질하려고 그러냐?"

서현이 은채를 똑바로 쳐다보며 단언했다.

"모든 파업의 문제는 하나야. 돈!"

은채가 아랫입술을 깨물며 길게 숨을 뱉었다. 말을 길게 꺼내려는 모양이었다.

예림은 두 손으로 은채를 잡았다.

"야, 조은채!"

'서현은 원래 저런 아이니까 신경 쓸 거 없다.'고 대놓고 이야기하고 싶었다. 하지만 눈앞에 서현과 그 패거리가 있어서 말을 꺼낼 수 없었다. 은채가 눈치껏 물러섰으면 싶었다.

은채가 서현 앞으로 바짝 다가섰다.

"너희 급식 조리실에 한 번이라도 들어가 본 적 있어?"

서현이 "푸하하하!" 웃음을 쏟고는 허리를 곧추세우며 은채 앞에 우뚝 섰다.

"내가 그딴 데를 왜 들어가?"

서현은 입술을 비틀며 은채를 흘겼다. 패거리들도 서현과 비슷한 표정을 지으며 콧방귀를 뀌어 댔다. 은채가 주먹에 바짝 힘을 넣었다.

"야, 우리가 날마다 따뜻한 점심을……."

은채가 말을 붙이려는데, 서현 패거리가 외계어를 남발하기 시작했다. 그러고는 은채에게 혀를 날름거리고 손가락 욕을 마구 던지며 교실을 빠져나갔다. 은채는 완벽하게 무시당했다.

은채가 서현을 쫓아가려 했다.

"야, 강서현!"

예림이 두 팔을 번쩍 들어 은채를 막았다.

"그냥 둬. 쟤들 저러는 거 하루 이틀 아니잖아!"

"그래도 그렇지, 어떻게 조리실 이모님들을 두고 저렇게 말할 수가 있니?"

은채가 씩씩거리며 교실 뒷문을 노려보았다. 서현과 패거리는 이미 사라진 뒤였다.

"강서현이니까 저렇게 말할 수 있는 거야. 다른 애들은 안 그러잖아."

예림이 은채를 살살 달래며 교실을 나섰다. 은채는 얼굴을 잔뜩 찌푸린 채 예림의 곁을 따랐다.

은채가 물었다.

"넌 기분 안 나빠?"

'그럴 리가. 기분 완전 나빠.'

예림은 왈칵 올라오는 말을 꿀꺽 삼키고 콧물만 훌쩍 삼켰다. 말을 뱉는다고 달라질 건 없었다. 이럴 때는 그냥 말을 아끼는 게 나았다.

"나쁜 계집애들, 조리실 이모님들이 얼마나 열악한 환경에서 고생하시는지 알지도 못하면서……."

은채는 분이 풀리지 않는 듯 발을 쾅쾅 구르며 쌕쌕 숨을 몰아쉬었다. 예림은 입을 꾹 다문 채 타박타박 걸음을 옮겼다.

은채가 물었다.

"너희 할머니는?"

예림의 속이 뜨거워졌던 이유, 할머니 때문이었다.

"모르지."

예림은 아무렇지 않은 척 대꾸했다. 하지만 머릿속에서는 하얀 조리복을 입은 할머니가 급식실 바닥에 쪼그리고 앉아 오른팔을 번쩍 들었다 내리며 시위하고 있는 모습이 그려졌다. 할머니라면 아마도 그럴 거였다.

'할머니 성정이 꼭 은채를 닮았네. 아, 은채가 할머니를 닮았다고 해야 하나?'

어쨌건 소여동에서 멀지 않은 소원초등학교 급식실에서 조리 실무사로 일하고 있는 할머니는 파업에 참여할 거였다. 분명히.

한숨이 나왔다.

"푸우……."

"떡볶이는 내가 쏜다, 가자!"

은채가 예림의 어깨를 바투 잡고 종종걸음을 쳤다. 예림도 은채를 쫓아 잰걸음으로 학교를 빠져나갔다.

은채와 예림이 자주 다니는 떡볶이집은 덕원빌라 앞에 있는 덕원분식이었다. 소여중학교에서는 제법 떨어져 있는 곳이라 덕원분식은 한산했다. 소여초등학교가 문을 닫고 난 뒤로는 더욱 그랬다.

덕원분식으로 들어가며 은채가 쨍랑쨍랑 목청을 높였다.

"매운 떡볶이랑 순대, 튀김이요!"

떡볶이 판 앞에서 휴대 전화를 들여다보고 있던 사장님이 반색하며 은채와 예림을 맞았다.

사장님이 주문한 음식을 테이블에 놓으며 알은척했다.

"시험은 끝났어?"

은채와 예림은 한껏 불쌍해 보이는 얼굴로 사장님을 보았다. 사장님이 깔깔거리며 어묵을 서비스로 내어 주었다.

"오, 서비스 달라고 그런 건 아니었는데!"

예림이 손뼉을 치며 해죽거렸다. 할머니 생각은 잠시 밀어 두기로 마음먹었다. 사장님은 맛있게 먹으라 이르고는 분식집 밖으로 나갔다. 분식집 옆으로는 자그마한 과일 가게와 채소 가게, 정육점

이 나란히 붙어 있고, 그 앞에 내어놓은 원색 플라스틱 의자에는 가게 사장님들과 동네 어르신 몇이 자리를 차지하고 앉아 두런두런 이야기를 나누고 있었다. 덕원빌라 앞에서 쉽게 볼 수 있는 풍경이었다.

"오늘 시험은 어땠어?"

떡볶이를 입에 넣고 예림이 물었다. 할머니 생각을 밀어내려면 다른 주제가 필요했다.

은채는 눈썹을 찡그리며 어깨를 축 늘어뜨렸다. 그러고는 반짝 고개를 쳐들고 예림에게 물었다.

"국어 23번부터 25번까지 답 다 썼어?"

"그럴 리가!"

말끝에 예림은 큭큭거렸다. 시험하고는 별로 친하지 않은 예림이었다.

은채가 고개를 절레절레 흔들며 말을 이었다.

"무슨 영어 단어 시험도 아니고, 국어 문제에 칸 채우기가 나오냐고. 그것도 문법도 아니고 독서 문제에······."

예림이 떡볶이를 씹으며 은채의 말을 받았다.

"문학 작품을 달달달 외우라는 거지."

"그러니까! 수업 시간에 중요하다고 강조한 작품도 아니고 교과서에 살짝 언급만 된 작품인데 거기에서 세 문제라니 진짜 너무한 거 아니냐!"

은채는 도톰한 순대를 새빨간 떡볶이 국물에 쿡 찍어 입 안 가득 욱여넣었다. 꽤나 스트레스를 받은 모양이었다. 예림은 말간 어묵 국물을 은채 앞으로 내밀었다. 은채는 우물거리며 어묵 국물을 후루룩 들이켰다. 그러는 새 예림의 머릿속에는 또 할머니가 떠올랐다. 왕왕거리던 서현 목소리도 뒤따랐다.

"돈밖에 모르는 돈벌레들."

아무래도 오늘은 할머니 생각을 지워 내기가 힘들 것 같았다.

은채는 연신 국어 시험 이야기를 했다. 같은 공간에 마주 앉아 같은 걸 먹으며 이야기를 나누는데도 다른 공간에 있는 것만 같았다. "인생은 결국 혼자 걷는 길."이라는 누군가의 말이 생각났다. 예림은 국물에 파묻혀 있는 떡볶이를 집어 입에 넣었다. 오늘따라 떡볶이가 더 맵게 느껴졌다.

소여동의 빛

떡볶이가 배 속에서 부글부글 끓어 예림은 집에 들어오기 무섭게 화장실로 달려갔다. 요란하게 속을 비우고 거실 바닥에 대자로 누웠다.

'괜히 먹었어.'

먹자마자 화장실행이라니, 아까웠다.

예림은 자리에서 일어나 냉장고를 열고 시원한 탄산수를 꺼내 벌컥벌컥 마셨다. 코끝이 아렸다.

"끄윽."

시끄럽던 속이 완벽하게 정리된 것 같았다. 한결 개운했다.

예림은 소파에 앉아 할머니에게 전화를 걸었다. 신경 쓰지 않으려고 했지만 할머니 얼굴과 함께 왕싸가지 강서현의 목소리가 불쑥불쑥 떠올라서 어쩔 수 없었다. 통화음이 울렸다. 한 번, 두 번, 세 번…… 그러더니 급기야 "지금은 전화를 받을 수 없습니다."라는 안내가 흘러나왔다.

"진짜로 시위 중이신가 보다. 푸우우."

예림은 입술을 털며 도리질했다. 엄마가 알면 또 한바탕 난리를 칠 거였다.

"그냥 집에서 쉬세요. 그 연세에 무슨 데모까지 해 가면서 일하려고 그래요?"

한 달 전, 처음으로 학교 급식실 조리 실무사들이 파업하며 시위를 벌였을 때 엄마는 단박에 할머니를 찾아가 당장 그만두라며 말렸다. 하지만 할머니는 엄마의 말을 귓등으로도 듣지 않았다. 그리고 "내 일은 내가 알아서 한다."는 말만 되풀이했다. 다행스럽게도 파업은 하루 만에 끝났고, 할머니와 엄마의 다툼도 더는 이어지지 않았다.

"이번에도 뭐, 금방 끝나겠지."

예림은 마음을 편히 먹기로 했다. 하루 한 끼쯤 빵이랑 우유로 때우는 것도 나쁘지 않았다. 오히려 신선하기까지 했다. 식판에 밥과 국, 반찬을 받아다 급식실 의자에 줄줄이 앉아서 먹는 것보다 빵과 우유를 받아다 각자 자유롭게 편한 장소를 찾아 먹는 것도 멋스러웠다. 생각을 바꿔 보니 괜찮았다. 할머니가 시위하는 것, 그리고 시위를 욕하는 사람들이 있는 건 여전히 마음에 걸렸지만 말이다.

마음을 비우고 방으로 들어오는데, 전화가 걸려 왔다. 할머니인가 싶어 잽싸게 전화를 받았는데, 엄마였다.

"뭐 먹었어?"

엄마는 지극히 일상적인 물음을 던졌다. 아마도 속으로는 시험은 어땠느냐는 말을 하고 싶을 거였다. 성적에 관대하기는 했지만 무관심한 건 아니었다.

"시험 끝나고 은채랑 덕원분식 다녀왔어."

"잘했어."

엄마 목소리에 기운이 없었다. 혹시나 할머니 소식을 들은 걸까 싶었다.

"무슨 일 있어?"

엄마에게 물었다.

"아니……."

엄마가 말끝을 흐렸다. 무슨 일이 있다는 거였다.

"뭔데?"

예림은 휴대 전화를 들고, 침대에 엉덩이를 붙였다.

"오늘도 아빠 늦는대."

엄마가 한숨을 쉬었다.

"파업 때문에?"

"응!"

아빠네 회사 사람들은 닷새 전부터 파업을 하고 있었다. 그때부터 아빠는 신경을 곤두세운 채 아침 일찍 출근하고 밤늦게 집에 왔다. 아빠네 회사 사람들이 벌이는 파업은 뉴스에도 소개가 되었는데, 택배 기사들이 무엇 때문에 파업하고 있는지, 파업을 해결하려면 어떻게 해야 하는지에 대한 내용은 하나도 없었다. 그냥 택배 노조에서 파업을 시작해서, 택배 공급에 차질이 생겼다는 정도만 나왔다.

예림이 뾰로통하게 말했다.

"아저씨들 파업이랑 아빠 일하는 거랑은 상관없다며?"

무엇 때문이건 엄마랑 아빠가 바짝 신경을 세우고 있는 건 불편했다. 좋은 게 좋은 거라고 대충대충 넘어가는 분위기가 좋았다.

"직접 상관은 없어도 회사 일이니까 복잡한가 봐."

'아무래도 그렇겠지.'

예림은 속엣말을 했다. 소리 내어 말해 봤자 엄마의 한숨만 깊어질 거였다.

엄마가 물었다.

"저녁 반찬 뭐 먹고 싶어?"

엄마는 반 년 전부터 덕원빌라 부녀회장 아주머니가 운영하는 반찬 가게에서 아르바이트를 하고 있다. 월요일부터 금요일까지 점심쯤 출근해서 저녁 무렵 퇴근하는데, 반찬 가게에서 일을 시작하고부터는 툭하면 반찬 가게에서 파는 반찬을 가져다 저녁 반찬으로 줬다. 특히나 아빠가 늦게 오는 날이면 저녁 식탁은 반찬 가게 반찬으로만 채워졌다. 어차피 반찬 가게에서 엄마가 만든 반찬이니까, 판매용으로 포장해 놓은 반찬을 가져오는 걸 싫어할 이유는 없었다. 그래도 반찬 가게에서 파는 반찬은 특별하지 않았다. 반 년 가까이 거의 날마다 내어 주는 반찬은 비슷비슷했다.

예림이 심드렁하게 대꾸했다.

"그냥 아무거나!"

엄마는 알겠다면서 전화를 끊었다. 엄마에게서 할머니 이야기는 나오지 않았다. 다행인가 싶었다.

예림은 컴퓨터 앞에 앉아 습관처럼 사운드어스에 접속했다. 마이 뮤직을 틀어 놓고, 그림판으로 끄적끄적 낙서나 할 참이었는데, 사운드어스 홈페이지 첫 화면에 '선인장꽃' 이름이 떠 있었다. 선인장꽃이 새 노래를 올린 거였다.

"와우!"

예림은 탄성을 지르며, 뉴 뮤직 카테고리를 클릭했다.

<u>소여동의 빛</u> 작사·작곡·노래 선인장꽃

"어? 소여동?"

예림은 외마디 비명을 지르며 선인장꽃의 새 노래를 재생했다.

바람이 머물다 흩어진 곳
온기가 사라진 텅 빈 곳에
한 줄기 빛이 내리네
아이들 발자국 소리와
사람들 웃음소리도 삼켜 버린
소여동 야트막한 언덕 아래
새하얀 빛을 따라
구름은 솜사탕처럼 내려앉고
발자국 소리 웃음소리 함께 춤출 수 있는
바람이 다가와 머무른 곳
온기가 채워질 바로 그곳에
따스한 빛이 내리네

기타 선율을 따라 선인장꽃의 가녀린 목소리가 힘 있게 번졌다. 이전의 노래와 닮은 듯, 다른 듯한 느낌이었다. 예림은 두 눈을 감고, '소여동의 빛'을 다시 한번 재생했다. 예림의 머릿속에 소여초등학교가 그려졌다. 굳게 잠긴 철문, 그리고 흙먼지만 날리는 텅 빈 운동장. '소여동의 빛'은 딱 소여초등학교를 그려 내고 있었다.
"이게 뭐야? 어떻게 된 거지?"

선인장꽃이 소여동을 알고 있는 것 같았다. 아니 정확하게는 소여초등학교를 알고 있는 것 같았다. 어쩌면 선인장꽃은 소여동에 살고 있을지도 몰랐다. 왠지 그럴 것 같은 느낌이 강렬하게 예림을 휘어잡았다.

예림은 은채에게 선인장꽃의 노래를 전송했다.

> 이것 좀 들어 봐!

은채의 반응은 심드렁했다.

> 뭐야, 또 새 노래 올라왔어?

> 그냥 새 노래가 아니야. 소여동 얘기야!

은채가 관심을 보였다.

> 소여동? 무슨 의미가 있는 노랜가?

예림은 어깨를 으쓱 들었다 내리는 곰 이모티콘을 보냈다.

> 대박 신기하지?

> ㅇㅇ

동그라미 두 개. 은채의 반응은 그게 다였다. 예림은 은채에게 더 답장하지 않았다. 은채에게 더 이상 자신의 감정을 강요하고 싶지 않았다. 아무리 친한 사이여도 각자의 세계는 존중해야 했다.
 예림은 다시 사운드어스로 들어가 선인장꽃의 홈을 클릭했다. 홈은 단순했다. 닉네임 선인장꽃, 그리고 그동안 선인장꽃이 사운드어스에 올린 노래 목록. 그게 다였다. 다른 사람들의 홈은 달랐다. 사운드어스에 리스너가 아닌 창작자로 이름을 올린 사람들은 자신의 홈에 최대한 자신의 정보를 공개하고, 자신이 만든 노래는 물론 자신이 추구하는 음악 세계까지 구구절절 늘어놓은 사람이 많았다. 가끔씩 연예 기획사에서 사운드어스에 들어와 자신들의 입맛에 맞는 창작자를 스카우트해 가기 때문이었다.
 "선인장꽃, 도대체 소여동을 어떻게 알고 있는 거야?"
 궁금했다. 그리고 알고 싶었다. 지금까지 사운드어스를 들락거리면서 선인장꽃의 노래로 아침을 열고 하루를 마감한 날이 수두룩했지만 이토록 강렬하게 궁금증이 일기는 처음이었다. 예림은 '소여동의 빛'을 다시 재생했다. 선인장꽃은 정확하게 예림이 살고 있는 동네를 짚어 주고 있었다. 모르는 척 지나가는 게 실례일지도 몰랐다.

 오늘 올린 노래 너무나 잘 들었어요! 아, 오늘뿐 아니라 선인장꽃이 올려 준 노래는 한 곡도 빠짐없이 날마다 듣고 있는 팬이에요. 그런데 오늘 올린 노래는요, 딱 제가 사는 동네 이야기라서, 가만히 있을 수가 없었어요. '소여동의 빛'은 어떤 계기로 만들게 된 건가요? 텅 빈 그곳을 비추고 있는 빛은 무엇인가요? '소여동의 빛'에 담겨 있는 느낌이 제가 느낀 것과 비슷해서 그것도 너무 신기해요. 꼭 알고 싶어요.

예림은 최대한 예의를 갖춰서 선인장꽃의 방명록에 글을 남겼다. 마침 자신의 닉네임이 은빛인 것도 마음에 들었다. '소여동의 빛'에 관심을 보이는 '은빛'이라니, 잘 통한다 싶었다. 부디 선인장꽃이 모르는 척 넘기지 말아 줬으면, 짤막한 몇 줄이라도 답을 달아 줬으면 싶었다. 하지만 큰 기대는 하지 않기로 했다. 지금까지 선인장꽃이 방명록에 답을 남긴 경우는 한 번도 없었다. 팬과의 소통을 거부하는 창작자. 그래서 예림은 선인장꽃이 더 신비롭게 여겨졌다.

할머니의 이유

토요일 아침인데도 방문 밖이 부산스러웠다. 지이잉 청소기가 돌아가고, 여기저기 툭탁거리며 닦는 소리가 들렸다.

아침부터 엄마가 청소를 하고 있었다. 예림은 "후우." 숨을 내쉬었다.

'엄마 마음이 또 끓고 있구나. 무엇 때문일까.'

짚이는 것은 있었다. 아빠 아니면 할머니, 어쩌면 둘 다.

예림은 모르는 척 눈을 감고 몸을 외로 틀었다.

'더 자야지. 시험도 끝난 주말 아침인데. 이 정도는 엄마도 봐줄 거야.'

하지만 엄마는 봐주지 않았다.

엄마가 방문을 발칵 열어젖히며 우렁우렁 목소리를 높였다.

"김예림, 일어나. 아침 먹어."

"하아……."

예림이 얼굴을 구기며 몸을 틀었다. 베개 옆에 놓아둔 휴대 전화는 오전 7시 20분을 가리켰다.

"엄마, 조금만 더!"

"할머니 집에 갈 거야. 같이 가."

말을 던지고 엄마는 거실로 나갔다. 그러고는 다시 청소기를 돌렸다. 아랫집 사람들은 뭐 하나 싶었다.

'주말 아침부터 청소기를 저렇게 돌리는데 관리실에 신고 좀 해 주지.'

하기는 덕원빌라에서는 그래 봤자다. 윗집 아랫집 서로 알 만큼 아는 사이라 이 시간에 청소기 소리가 제아무리 시끄럽게 울려도 "예림 엄마가 일찍 일어났구나." 그러고 말 거였다. 아랫집 할머니네도 아침잠이 없었다.

예림이 거실로 나오니 엄마는 청소기를 한쪽에 밀어 두고, 손걸레로 소파를 닦고 있었다. 이틀이 멀다 하고 닦아 대니 먼지가 앉을 틈도 없을 텐데 그래도 엄마는 열심이었다.

"할머니네는 왜?"

"너희 월요일에 급식 나온대?"

엄마 목소리가 칼날 같았다.

'알아 버렸네. 그래서 엄마 심기가 불편하구나.'

예림은 조금 더 뭉그적거리고 싶은 마음을 접었다. 엄마의 신경이 바짝 서 있을 때는 엄마가 하자는 대로 따라야 했다. 그러지 않으면 엄마의 신경질을 두 배, 세 배로 견뎌야 했다.

집을 나서며 엄마가 물었다.

"너, 왜 어제 얘기 안 했어?"

'얘기해 봤자 엄마 신경만 건드릴 것 아니야.'

마음 같아서는 입 밖으로 툭 내뱉고 싶었지만 예림은 꾹 참았다. 말해 봐야 통하지 않을 거였다. 엄마는 자기 생각이 머릿속에 꽉 차 있을 때는 옆에서 아무리 딴죽을 걸어도 알아채지 못했다. 늘 자기 생각이 중요했다. 예림은 입을 꾹 다문 채 엄마를 따라 주차장으로 갔다. 엄마가 자동차에 시동을 걸었다.

"아빠는 회사 갔어?"

"응!"

엄마는 짧게 대꾸하고 핸들을 돌렸다. 끼이익거리며 자동차 바퀴가 악을 써 댔다.

예림은 엄마의 옆얼굴을 빤히 쳐다보았다. 할머니도 할머니지만 엄마는 지금 아빠 때문에도 마음이 잔뜩 일그러져 있을 거였다. 그래서 화풀이할 상대를 찾아 거칠게 핸들을 돌리고 있는 게 분명했다.

'그런데 왜 엄마의 화풀이 길에 내가 함께해야 하지?'

물론 어려서부터 예림은 엄마 곁에 늘 껌딱지처럼 붙어 있었다.

그래서 엄마도 예림 자신도 함께 나서는 걸 당연하다 여기고 있었다. 그래도 이제는 엄마가 예림의 생각을 물어봐 줘야 하는데, 아니 예림 자신이 자신의 생각을 엄마에게 말해도 될 텐데, 예림은 그게 잘 안 됐다.

예림은 휴대 전화를 열어 사운드어스에 들어갔다. 그리고 곧장 선인장꽃의 홈을 클릭했다. 선인장꽃의 방명록에 새 글은 없었다. 역시나 선인장꽃은 은빛의 글을 모르는 척 넘길 모양이었다. 약간의 기대감이 담겨 있던 마음에서 푸시시 바람이 빠졌다.

할머니 집까지는 차로 5분도 채 걸리지 않았다. 엄마는 할머니 집 앞에 차를 세우고 자동차 열쇠를 빼냈다. 예림은 "푸우푸우." 입바람을 날리며 차에서 내렸다.

엄마가 두 눈을 치뜨며 예림을 보았다.

"그 버릇 좀 고치면 안 되겠니?"

'또 애먼 화살이 날아오는구나.'

예림은 얌전히 입을 다물고 할머니네 집으로 갔다. 할머니네 집은 3층짜리 빌라 1층에 있었다. 빌라 외벽에는 '소원맨션'이라는 글자가 허름하게 붙어 있었다.

"아이고야, 예림이 엄마가 식전부터 무슨 일이고?"

현관문을 열어 주며 마산 아주머니가 목청을 높였다. 마산 아주머니는 할머니 직장 동료인데, 할머니 집에서 꽤나 자주 만났다.

엄마가 현관으로 발을 들이며 언짢음을 가득 담아 물었다.

"아주머니는 또 여기서 주무셨어요?"

"뭐 어차피 집으로 가나 여서 자나……."

마산 아주머니가 말끝을 흐렸다. 할머니에게 듣기로 마산 아주머니도 할머니 집 근처에 있는 어느 빌라에서 혼자 산다고 했다. 어차피 할머니도 혼자 살고 있으니 말동무도 하고 밥상 친구도 하면 좋지 않겠냐며 마산 아주머니가 할머니 집으로 자주 오는 듯했다. 하지만 엄마는 마산 아주머니를 그리 좋아하지 않았다. 할머니가 소원초등학교 급식실에서 일을 시작한 것도 마산 아주머니 탓이라고 생각했다.

할머니도 마산 아주머니랑 비슷한 반응을 보였다.

"식전 댓바람부터 웬일이야?"

거실로 들어가며 엄마가 툴툴거렸다.

"딸이 엄마네 집도 마음대로 못 와요?"

예림은 엄마의 뒤를 쫓았다.

할머니가 예림에게 물었다.

"아침은 먹고 온 거야?"

"대충요……."

어제 엄마가 반찬 가게에서 가지고 온 두릅나물과 연근조림을 꺼내고, 어제 해 놓은 밥을 반 공기 정도 퍼 담아서 꾸역꾸역. 예림의 오늘 아침은 그랬다.

"한창 클 나인데 대충 먹이면 어떻게 해. 뭐 좀 해 줄까?"

할머니가 자리에서 일어났다. 예림은 할머니를 올려다보며 해죽 웃었다. 할머니는 예림이 먹고 싶다고 하면 무엇이든 척척 만들어 냈다.

할머니는 오랫동안 공사장 근처에서 공사장에서 일하는 사람들의 아침과 점심 때로는 저녁까지 책임지는 백반집을 했다. 덕분에 많은 양의 밥과 반찬을 만드는 데 능숙했고 그만큼 손도 빨랐다. 게다가 할머니가 만드는 음식은 맛도 좋았다. 지금 예림의 입맛에도 좋으니 예전에도 분명히 그랬을 거였다.

할머니는 늘 자신의 음식 솜씨를 자랑스러워했다.

"시간도 딱딱 잘 맞추지, 모자라지도 남지도 않게 음식량도 잘 맞추지, 맛도 좋지! 공사장마다 나를 모셔 가려고 여기저기에서 쌈박질도 났었다니까."

공사장 근처에서 백반집 할 때를 이야기하면 할머니 얼굴에는 한껏 흥이 올랐다. 그만큼 할머니는 밥을 짓고 반찬을 만들어 사람들에게 먹이는 걸 좋아했다. 어쩌면 그래서 지금도 초등학교 급식실에서 일하고 있는지도 몰랐다. 순전히 할머니가 하고 싶어서.

엄마가 따지듯 물었다.

"그러면서 파업은 왜 해요?"

부엌으로 가던 할머니가 눈썹을 찡그렸다.

"그게 무슨 소리고?"

거실 소파 앞에 앉아 있던 마산 아주머니도 엄마에게 눈을 흘졌다.

엄마가 거침없이 쏘아붙였다.

"한창 클 나이에 대충 먹이면 안 된다면서요. 그런데 왜 파업하느냐고요. 초등학교 급식실에서 일하시는 분들이."

마산 아주머니는 끙 소리를 내며 엄마에게서 등을 돌렸다. 할머니는 입을 실룩거리더니 말없이 부엌으로 갔다.

엄마가 할머니를 쫓아갔다.

"엄마도 파업하고 있죠?"

할머니가 목소리에 힘을 넣었다.

"당연하지!"

엄마가 기다렸다는 듯 말했다.

"이참에 급식실 일 그만둬요."

할머니가 두 눈을 부릅뜨고 엄마를 쳐다보았다.

"또 그 소리! 그런 말 하려거든 그만 가라!"

"아니, 엄마 나이도 있는데, 자꾸 그런 거 하면 욕먹어요!"

마산 아주머니가 추임새를 넣듯 끼어들었다.

"아무도 욕 안 한데이!"

엄마가 사나운 얼굴로 마산 아주머니를 쏘아보았다.

마산 아주머니가 엄마에게 말했다.

"형님이 얼마나 똑똑한지 모르나? 말도 야무지게 잘하고, 목소리도 엄청 커서 다들 좋아한다."

엄마가 쳇소리를 냈다.

"그게 자랑거리예요?"

이번에는 할머니가 대꾸했다.

"부끄러울 일은 아니지."

엄마는 할머니의 팔을 잡고 늘어졌다.

"엄마, 엄마가 지금 꼭 일을 해야 하는 것도 아니잖아요. 근데 왜 사서 고생을 해요?"

할머니가 엄마를 빤히 쳐다보며 말했다.

"남들은 하고 싶어도 못 하는 일이야. 할 수 있을 때 해야지, 왜 자꾸 그만두라고 해?"

"자꾸 파업이다 뭐다 하면서……."

마산 아주머니가 입을 불뚝거리며 중얼거렸다.

"파업을 뭐, 형님이 하고 싶어서 하는 기가?"

엄마가 마산 아주머니를 흘겨보고는 할머니에게 말했다.

"그러니까 하지 말라고요. 그러다 다친다고요."

거실 바닥에 앉아서 예림은 빤히 엄마를 올려다보았다. 지난번에도 느꼈지만 엄마는 진심으로 할머니를 걱정하고 있었다. 그런데 할머니는 철저하게 엄마 마음을 무시하고 있었다. 이번에도 예림은 엄마 편에 서야겠다고 생각했다. 강서현의 목소리가 귀에 쟁쟁했다. 예림도 할머니가 쓸데없이 욕먹고 다치는 것이 싫었다.

예림이 자리에서 일어나 할머니를 불렀다.

"할머니, 저도요……."

할머니가 눈길을 예림에게로 돌렸다.

"왜? 너도 급식실에서 파업하는 거 싫어?"

할머니는 예림에게 물었는데, 엄마가 사납게 반응했다.

"그럼 그게 좋겠어요? 애들 생각 좀 해요!"

할머니는 험한 얼굴로 엄마 손을 떼어 냈다.

"예림이 생각을 묻는데 왜 네가 나서?"

"예림이 생각이 내 생각이지, 뭐. 얘가 괜히 쫓아왔겠어요?"

순간 예림의 머릿속에 뿔이 올랐다.

'내 생각? 난 그저 엄마가 신경질을 팍팍 부리며 가자고 해서 따라온 건데…….'

하지만 입 밖으로 꺼낼 수는 없었다.

할머니가 진중한 목소리로 말했다.

"애들 생각하니까 파업하는 거야."

"애들 생각은 무슨! 말도 안 되는 소리 하지 마세요!"

예림도 할머니 말을 이해하기 어려웠다. 애들을 생각한다면, 급식을 준비하는 게 맞지 않을까 싶었다. 물론 하루 이틀쯤은 빵과 우유로 때워도 상관없었다. 하지만 급식을 꼭 먹고 싶어 하는 아이들이 있었다. 그리고 꼭 먹어야 하는 아이들도 있었다.

"자고로 음식에는 만드는 사람의 정성이 들어가야 하는 거야. 그런데 지금 급식실 환경에서는 정성을 쏟을 수가 없어. 너 조리실에서 굽고, 튀기고, 조릴 때 공기가 얼마나 심각하게 오염되는지 알기는 하니?"

예림은 먹먹한 얼굴로 할머니를 바라다보았다. 등 뒤에서 마산 아주머니 목소리가 흘러들었다.

"환기도 안 되는 데서 몇 시간씩 일을 해야 하니 병이 드는 기라, 그래서……."

"그러니까 하지 말라는 거잖아요!"

엄마가 마산 아주머니의 말을 뚝 자르고는 성난 얼굴로 할머니에게 말했다.

"몇 사람이 나서서 싸운다고 해결되는 거 봤어요? 지금 예림 아빠 회사에서도 파업한다고 난리인데 거기도 계속 제자리래. 괜히 싸운다고 나서는 엄마만 힘들다고요."

"나 혼자 싸우는 거 아니다."

할머니가 묵직하게 말을 건네고 물끄러미 마산 아주머니를 보았다. 마산 아주머니가 할머니와 눈을 맞추고는 베란다로 나갔다. 베란다에는 가늘게 썰어 놓은 무가 채반 위에 얌전히 놓여 있었다. 무말랭이를 만들려는 모양이었다.

엄마가 팩 짜증을 냈다.

"진짜 엄마는 왜 번번이 이렇게 내 속을 썩여요?"

"속 썩을 필요 없다. 해야 하니까 하는 거야. 말릴 생각 마라."

할머니는 단단히 마음먹은 듯 보였다. 엄마가 아무리 발을 동동 구르며 말려도 소용없을 것 같았다. 예림은 할머니와 엄마를 번갈아 보다가 베란다로 나갔다. 채반에 널어놓은 무를 만지던 마산 아주머니가 몸을 옆으로 틀어 예림의 자리를 만들어 줬다.

마산 아주머니 옆에 앉으며 예림이 물었다.

"싸우는 거, 힘들지는 않으세요?"

"싸우는 것보다 급식실에서 일하는 게 더 힘들다. 거기서 일해 보지 않은 사람들은 모르제."

말끝에 마산 아주머니는 길게 한숨을 달았다. 할머니와는 달리 마산 아주머니는 기운이 하나도 없었다. 무엇인가 맥없는 싸움을 벌이고 있는 사람 같았다. 같은 일을 두고, 할머니와 엄마, 그리고 마산 아주머니의 반응이 저마다 달랐다. 누가 맞는 건지 예림은 쉽게 판단할 수 없었다. 어쨌건 주말 아침부터 쟁쟁거리며 싸우는 소리를 듣는 것은 유쾌하지 않았다.

싸워 보았자

결국 예림은 엄마와 함께 할머니 집에서 쫓겨났다.

엄마는 현관을 나서며 소리 질렀다.

"마산 아주머니하고는 그렇게 붙어 있으면서 나더러는 왜 자꾸 가라는 거예요, 진짜! 내가 엄마 친딸이라고요!"

그래도 할머니는 눈 한 번 끔벅하지 않았다. 엄마의 악다구니에 한마디 말도 붙이지 않았다. 아무 소리도 들리지 않는 것처럼 할머니는 입을 꾹 다문 채 예림과 엄마를 못 본 체했다.

예림은 친엄마에게 소리 질러 대는 엄마가 창피했다. 그리고 친딸을 내치는 할머니도 미웠다.

집으로 돌아오는 차 안에서 예림은 엄마에게 성질을 부렸다.

"도대체 나를 왜 데리고 온 거야?"

어차피 엄마도 엄마의 엄마에게 있는 대로 성질을 부리고 나선 길이었다. 엄마는 예림의 말에 한마디 대꾸도 못 했다.

집으로 돌아온 예림은 방에 틀어박혔다. 마음이 부글부글 끓어서 아무것도 하고 싶지 않았다.

사운드어스에 접속해 마이뮤직을 틀었다. 선인장꽃의 노래가 은은하게 예림의 마음에 닿았다.

'open eyes'와 '소여동의 빛'을 연이어 듣다가 혹시나 하는 생각에 선인장꽃의 홈을 클릭했다. 선인장꽃의 방명록에 빨간 점이 붙어 있었다. 새 글이 있다는 뜻이었다. 예림의 심장이 두근두근 뛰기 시작했다.

'아니겠지. 누군가 와서 새 글을 쓰고 간 거겠지.'

스스로 마음을 다독이고, 방명록을 클릭했다. 그러고는 "헉!" 숨을 들이마셨다.

예림의, 아니 정확하게는 '은빛'의 글 아래 선인장꽃이 작성한 답글이 있었다. 하마터면 예림은 비명을 지를 뻔했다. 냉랭하기 그지없는 집 안 공기를 깜빡 잊고서.

예림은 한 손으로 입을 틀어막고 선인장꽃의 답글을 눌렀다.

안녕하세요? 선인장꽃입니다.
내 노래를 좋아해 줘서 고맙습니다.
소여동은 내가 어렸을 때 살던 동네입니다.

그때랑 지금이랑 많이 달라졌을까 궁금합니다.
어쩌면 나도 그곳으로 다시 돌아갈지도 모릅니다.

예림은 손을 부들부들 떨었다. 지금까지 선인장꽃의 방명록에 여러 차례 글을 남겼지만 답글을 받은 것은 처음이었다. 예림뿐만이 아니었다. 선인장꽃은 홈이 만들어진 1년 반 전부터 지금까지 단 한 번도 방명록에 남겨진 글에 반응한 적이 없었다. 그러니까 예림이 선인장꽃의 답글을 받은 최초의 팬이 된 거였다.

예림은 휴대 전화를 끌어안고 천장을 올려다보았다. 두근두근 심장 뛰는 소리가 예림의 귓바퀴에 또렷이 울렸다. 이렇게 기쁜 날, 집 안 분위기가 엉망이라서 마음 놓고 기뻐할 수 없다는 게 못내 아쉬웠다.

"하아!"

예림은 크게 숨을 뱉어 낸 뒤 다시 선인장꽃의 글을 읽었다. 최대한 감정을 누르고 있었지만 선인장꽃은 예림의 글을 반기고 있었다. 특히 마지막 줄의 느낌이 그랬다.

"다시 돌아온다면 혹시 만날 수 있는 걸까?"

선인장꽃이 남긴 글에 답글을 달고 싶었다.

'선인장꽃이 또 반응을 해 줄까? 다시 모른 척하면 어쩌지.'

마음이 갈팡거렸다. 답답했다.

예림은 휴대 전화를 챙겨 집을 나왔다. 그리고 곧장 은채에게 전화를 걸어 선인장꽃 소식을 알렸다.

은채 목소리가 가볍게 날았다.

"와, 너 성덕 된 거야?"

"그치? 나 성덕 된 거 맞지?"

예림의 입에서 절로 웃음이 터졌다. 불과 몇 분 전까지만 해도 상상하지 못한 기분이었다. 비쩍 마른 옥수수가 버터 향과 함께 팡팡 터져서 고소한 팝콘이 만들어지는 그런 기분.

"소여동에는 언제 살았대?"

"그건 모르지."

"그럼 언제 다시 온대?"

은채가 또 물었고, 예림은 또 모른다고 말했다.

은채가 어이없는 듯 큭큭거렸다.

"그게 뭐야!"

생각해 보니 선인장꽃에게 답을 받았을 뿐 무엇 하나 정확한 건 없었다. 심지어 선인장꽃의 나이도 몰랐다.

예림이 물었다.

"다시 글을 남겨도 될까?"

은채는 두 번 생각할 필요도 없다고 했다.

"모처럼 얻은 소통의 기회잖아. 꽉 잡아!"

은채 말에 예림은 벙긋 웃었다. 모처럼 힘이 나는 것 같았다.

"은채 니가 옆에 있음 얼마나 좋을까."

은채는 또 무슨 일이 있냐고 물었다. 예림은 엄마와 할머니 이야기를 할까 하다가 그만두었다. 은채는 중간고사를 끝낸 기념으로 가족과 함께 캠핑 중이었다. 은채의 즐거운 캠핑을 망칠 수는 없었다.

예림이 짤막하게 인사를 건넸다.

"잘 놀고 와."

전화기 너머로 은채 가족의 목소리가 선명하게 울렸다. 은채가 밝게 인사했다.

전화를 끊고 예림은 천천히 걸음을 옮겼다. 덕원분식 옆, 자그마한 가게 앞에는 오늘도 동네 어르신들이 삼삼오오 모여 앉아 이런저런 이야기를 나누며 시간을 보내고 있었다.

'할머니도 저렇게 지내시면 얼마나 좋을까.'

예림의 할아버지는 예림이 다섯 살 무렵 돌아가셨다. 할아버지와 함께 백반집을 운영하던 할머니는 할아버지가 돌아가신 뒤로 끙끙 앓으며 아무것도 못 했다. 그렇게 꼬박 1년을 앓고 난 뒤에 할머니는 다시 공사장 옆에 백반집을 열었다. 할머니 솜씨는 여전했지만 백반집을 유지하는 건 쉽지 않았다. 관공서 쫓아다니며 서류 처리하는 일부터 백반집에 싱싱한 재료를 공급하는 일까지 모두 할아버지가 도맡아 했었는데, 그 일을 진행해 줄 사람이 없었다. 엄마가 예림을 어린이집에 보내고 할머니를 도와 백반집을 함께 운영하기도 했었다. 하지만 엄마는 공사장 사람들을 대하는 일조차 너무나 어려워했다. 엄마는 당장 그만두고 쉬라고 할머니를 채근했고, 할머니는 엄마에게 그만 나오라고 한 뒤 마산 아주머니를 직원으로 채용했다. 그래도 공사장 백반집은 오래가지 못했다. 마산 아주머니가 백반집을 그만두고 초등학교 급식실 조리 실무사로 취업했고, 몇 달 뒤 마산 아주머니 추천으로 할머니도 급식실 조리 실무사가 되었다. 그때가 예림이 초등학교를 졸업할 무렵이었다.

'엄마 말대로 이제 그냥 쉬셔도 되잖아요?'
예림은 보이지 않는 적을 향해 두 눈에 쌍심지를 켜고 싸우려드는 할머니가 낯설고 어색했다.
'골목길에 나와 이웃들이랑 수다 떨며 여유롭게 시간 보내는 어르신들처럼 편안하게 지내시면 얼마나 좋을까.'
결국 예림의 엄마가 할머니에게 바라는 것도 그런 거였다.
예림은 고개를 홰홰 저었다.
"할머니 고집을 누가 말려!"
할머니의 억센 목소리가 웽웽 울리는 듯했다.
"사지 멀쩡한 데다 일할 곳이 있는데 왜 자꾸 들어앉으라는 거야? 난 싫다!"
'엄마도 포기했는데 하는 수 없지.'
예림은 헛헛하게 웃으며 고개를 들었다. 어느새 소여초등학교가 빤히 바라다 보이는 곳까지 걸어왔다. 굳게 닫힌 철문 뒤로 썰렁한 운동장이 보였다. 예림은 터벅터벅 걸음을 옮겨 정문 앞에 섰다. 두 해 전까지만 해도 반들반들 윤이 나던 정문에는 어느새 갈색 녹이 짙게 내려앉았다.

텅 빈 운동장, 그리고 녹슨 문.
선인장꽃에게 알려 주고 싶었다.
예림은 사운드어스를 통해 선인장꽃의 홈에 들어갔다. 그리고 선인장꽃이 남긴 답글 아래 다시 답글을 달았다.

지금 소여동은 몇 해 전이랑 달라진 게 거의 없어요. 오래된 건물과 골목이 소여동의 자랑인 양 자리를 지키고 있는데요. 제 모교이기도 한 소여초등학교는 문을 닫았어요. 불과 2년 전에 닫았는데 그새 교문에는 녹이 잔뜩 슬었고요. 아이들 소리가 가득했던 운동장은 텅 비어 있어요.

예림은 선인장꽃이 궁금하다고 했던 소여동의 모습을 아주 짤막하게 적었다. 그렇게나마 선인장꽃과의 인연을 이어 가고 싶었다. 마음 같아서는 소여동으로 돌아오면 꼭 만나고 싶다고, 작업하는 곳에 놀러 가면 안 되겠냐고 쓰고 싶었지만 혹시나 선인장꽃이 부담을 느낄까 싶어 꾹 참았다. 초반부터 너무 들이대면 안 될 거였다. 이 정도가 딱 적당한 것 같았다.

선인장꽃의 노래를 들으며 현관문을 여니 아빠 신발이 눈에 띄었다.

아빠가 욕실에서 나오며 엄마에게 물었다.

"어머니는 왜 또 그러신대?"

아빠의 젖은 머리카락이 마른 수건에 탁탁 털렸다. 주위에 물방울이 떨어지는 것 같았다.

"마산 아주머니 때문이지, 뭐. 그 아주머니는 왜 그렇게 울 엄마 옆에서……."

엄마가 대꾸하다 말고 예림을 보았다. 예림이 밖에 나갔다 오는 걸 이제 안 모양이었다.

엄마가 물었다.

"넌 어디 갔다 오는 거야?"

"그냥 동네 산책."

"저녁은?"

아빠가 물었고 엄마는 금방 된다며 부엌으로 들어갔다. 아빠는 소파에 앉아 텔레비전을 켰다. 개그맨이라고 해야 할지 예능인이라고 해야 할지 알 수 없는 사람들이 텔레비전에 나와 자기들끼리 시시덕거리며 툭탁거렸고, 아빠는 그들을 보며 껄껄 웃었다.

예림은 빤히 아빠를 쳐다보았다.

예림의 눈길을 느꼈는지 아빠가 예림을 돌아보았다.

"왜? 할 말 있어?"

예림이 물었다.

"재밌어요?"

"웃기잖아. 넌 안 웃겨?"

예림은 어깨를 으쓱했다. 마침 저녁 준비가 끝났다며 엄마가 아빠와 예림을 불렀다.

비지찌개에 숟가락을 담그며 아빠가 물었다.

"어머니는 뭘 요구하시는 거래?"

"뭐, 지난번이랑 똑같지. 작업 환경이 어쩌고, 작업 시간이 어쩌고."

엄마가 툴툴거리며 비지찌개를 삼켰다. 엄마가 끓인 비지찌개는 언제나 고소했다. 예림도 비지찌개를 한 숟가락 퍼서 하얀 밥 위에 얹었다.

"지난번에 해 보고서 왜 또 그러시냐. 그래 봐야 달라질 것도 없는데."

"그니까. 하지 마시라고 말렸는데 내 말을 들으셔야 말이지."

엄마가 고개를 절레절레 저었다.

예림이 아빠에게 물었다.

"아빠 회사 사람들 파업은?"

아빠는 얼굴을 구기며 목청을 높였다.

"우리도 만날 똑같지. 임금 올려 달라, 작업 분량 줄여 달라. 그게 어디 말이 되는 요구 사항이냐고."

엄마가 고개를 주억거리며 아빠에게 말했다.
"그렇게 싸워서 들어줄 일이었으면 벌써 해 줬겠지. 안 그래?"
"당연하지!"
엄마랑 아빠가 마음이 착착 잘 맞아서 보기에 좋기는 했다. 그런데 예림은 어쩐지 마음 한구석이 편치 않았다. 할머니가 걸렸다.
"너는 어디 가서 일할 때 파업 같은 거 절대 하지 마. 싸워서 달라질 것도 없는데 힘만 드는 거야. 너만 다치는 거고."
아빠가 아주 먼 미래에 있을 예림에게 당부를 건넸다. 예림은 달걀 반숙을 입에 넣고 오물거리며 고개를 끄덕였다.
'싸워서 달라질 것이 없다면 싸울 필요가 없다.'
엄마와 아빠 말이 백번 맞았다.

맹랑한 바람

 4교시 수업이 끝났다. 예림은 팔을 쭉 뻗어 기지개를 켜고 몸을 돌렸다. 은채와 급식실에 가서 빵과 우유를 받아 들고 건물 뒤쪽 동산으로 가기로 했다. 언덕배기에 자리 잡은 소여중학교의 장점은 학교 바로 뒤쪽에 제법 아기자기하게 꾸며 놓은 동산이 있다는 것이었다. 동산을 산책 삼아 하느작하느작 거닐다 보면 점심시간 40분이 뚝딱 지나갔다.
 뒤쪽에서 서현이 소리를 높였다.
 "야, 우리 편의점 갔다 오자!"
 서현을 따라다니는 무리들이 좋다며 화답했다.
 은채가 자리에서 발딱 일어났다. 드르륵하고 의자가 뒤로 밀리는데 서현이 비명을 지르며, 자기 손가락을 한 손으로 감쌌다.

예림이 서현에게 다가갔다.

"어, 왜 그래?"

은채도 놀란 얼굴로 서현을 보았다.

서현이 우악스럽게 소리를 질렀다.

"야, 조은채!"

은채가 서현의 손을 쳐다보았다.

"내가 그런 거야?"

은채 뒷자리에 앉아 있던 서현이 책상 끝을 잡고 있다가 은채 의자 등받이에 손가락이 낀 모양이었다.

서현의 얼굴이 사납게 일그러졌다.

"니가 그랬냐고?"

그러고는 기가 막힌다는 듯 콧방귀를 뀌었다.

"애 모르는 척하는 것 좀 봐. 너, 일부러 그랬잖아!"

"무슨 소리야."

서현 옆에서 영지가 쳇소리를 냈다.

"맞네. 너, 우리가 편의점 간다고 하니까 일부러 이런 거지?"

서현이 팔짱을 끼면서 은채를 아래위로 훑었다.

"조은채, 혹시 너희 엄마가 급식실에서 일하시냐?"

은채는 무슨 말도 안 되는 소리를 하고 있느냐는 표정을 지었다. 하지만 서현과 그 패거리들은 은채의 낯빛을 읽지 못했다.

"급식실 이모님들이 안쓰러우면 너도 같이 가서 데모해."

서현이 말하더니 피식피식 웃었다. 아무래도 예림이 나서야 할 것 같았다.

"야, 급식실에서 일하는 사람은……."

예림의 말을 은채가 끊었다.

"우리를 위해 애써 주시는 분들이야. 그분들이……."

은채의 말을 서현이 똑 잘랐다.

"우리를 이용해서 돈 벌어먹는 사람들이지."

서현 옆에서 영지가 고개를 끄덕였다. 서현의 말이 백번 옳다는 표정이었다.

"우리 덕에 먹고사는 건데 감지덕지할 일이지, 툭하면 파업이나 하고, 아휴, 재수 없어!"

서현이 또랑또랑 목청을 높이며 뒷문으로 갔다. 은채가 주먹에 힘을 줬다.

예림은 은채를 잡고 안쓰러운 표정을 지어 보였다.

"쓸데없이 기운 빼지 말자. 배고파."

은채가 씩씩거리며 고개를 돌렸다. 짜증이 나서 어쩔 줄 몰라 하는 얼굴이었다. 예림은 은채에게 얼굴을 드밀며 씨익 웃었다.

은채가 뾰로통한 얼굴로 예림을 보았다.

"넌 화 안 나?"

예림은 어깨를 으쓱 들었다 내렸다. 급식실 조리 실무사들이 파업한 건 사실이었고, 파업 때문에 서현이 싫어하는 빵과 우유를 먹어야 하는 상황인 것도 맞았다. 그래서 서현은 파업한 급식실 조리 실무사들을 욕한 거였다. 서현이 예림 할머니를 대놓고 욕한 건 아니었다. 예림은 그렇게 생각을 정리했다. 은채는 예림을 힐끗 쳐다보고는 포기한 듯 절레절레 고개를 저었다.

급식실에서 곡물 우유와 샌드위치를 받아들고, 학교 뒤쪽으로 갔다. 서현 때문에 지체된 탓에 뒷동산 쪽에는 이미 많은 아이들이 구석구석 자리를 잡고 있었다.

예림이 물었다.

"그냥 등나무 쪽으로 갈까?"

"거기도 다 차지 않았을까?"

급식실이나 교실로 들어가도 되지만 볕이 좋은 계절, 5월이었다. 예림과 은채는 되도록 건물 밖에서 점심을 먹고 싶었다. 정문 옆 등나무 쪽에 자리가 없으면 학교 담장 아래 나무 의자, 거기도 아니면 학교 건물 앞 스탠드에라도 앉아서 먹을 작정으로 예림과 은채는 몸을 돌렸다.

그때 유림이 나타나 은채에게 말을 붙였다.

"조은채, 시험 잘 봤지?"

유림은 작년에 예림과 같은 반이었는데 은채와는 전교 석차를 두고 앞서거니 뒤서거니 하는 사이였다.

은채는 미지근하게 대꾸했다.

"응, 뭐 그냥저냥!"

유림 옆에서 민희가 말을 붙였다.

"잘 봤겠지, 뭐. 너도 잘 봤잖아!"

또 다른 아이도 유림에게 말을 건넸다.

"맞아, 이번에 국어 어려웠다는데 너는 다 맞았다며?"

은채가 유림에게 물었다.

"진짜? 국어를 다 맞았어?"

유림은 입꼬리를 슬쩍 올리며 샐쭉 웃었다. 의기양양해 보였다. 유림 앞에서 은채가 속을 내보였다.

"와, 난 23번부터 25번 때문에 망할 것 같은데!"

민희가 두 눈을 슴벅이며 은채에게 물었다.

"그걸 왜? 국어 쌤이 외우라고 몇 번씩 얘기해 준 작품인데!"

은채 목소리가 갑자기 커졌다.

"뭐라고?"

민희는 놀란 듯 몸을 뒤로 빼고, 유림은 이상하다는 듯 은채를 보았다.

"국어 쌤이 외우라고 한 작품이라고?"

은채가 다시 물었고, 민희는 힐끗 유림의 눈치를 살폈다. 유림은 눈썹을 찡그린 채 입을 굳게 다물었다.

은채가 낯선 목소리로 따졌다.

"야, 너희 반 국어 쌤 변정인 쌤이지?"

"그래."

유림이 대답했다. 은채가 아랫입술을 깨물었다. 은채에게서 팽팽한 기운이 느껴졌다. 유림은 얼굴을 일그러뜨리며 무리와 함께 학교 뒷동산 쪽으로 걸음을 옮겼다.

은채가 예림을 돌아보며 확인하듯 물었다.

"너도 들었지?"

"응, 들었는데……."

예림은 어안이 벙벙했다. 유림이 불쑥 은채에게 말을 붙인 것도, 민희의 말도 당황스러웠다. 은채가 "훅!" 숨을 뱉더니 건물 쪽으로 성큼성큼 걸음을 옮겼다.

예림이 은채를 쫓았다.

"야, 조은채, 어디 가? 점심 먹어야지."

예림과 은채의 손에는 아직 뜯지 않은 우유와 샌드위치가 들려 있었다.

"지금 점심이 중요한 게 아니야."

은채는 곧장 제2교무실로 갔다. 제2교무실은 3학년 담당 선생님들이 이용하는 곳이었다.

은채가 제2교무실 문을 열자 몇몇 선생님들이 반갑게 은채를 맞았다.

은채가 두리번거렸다.

"주미현 선생님 안 계세요?"

주미현 선생님은 3학년 1반에서 4반까지 국어 과목을 가르치는 선생님이었다.

음악 선생님이 국어 과목 선생님들 자리를 돌아보고는 은채에게 물었다.

"자리에 안 계시네. 무슨 일 있어?"

은채는 아니라며 도리질하고는 꾸벅 인사를 하고 교무실을 빠져나왔다. 은채 얼굴이 영 편치 않았다.

예림이 은채 뒤를 졸졸 쫓아가며 물었다.

"왜? 뭐 하려고?"

은채는 한숨만 푹푹 내쉬며 걸음을 옮겼다. 은채와 예림은 학교 건물 앞, 콘크리트로 쌓아 올린 스탠드 한쪽에 나란히 앉았다.

샌드위치를 베어 물며 은채가 말했다.

"너도 아까 들었잖아."

예림은 우유를 한 모금 마시고 은채를 보았다.

"뒤 반 국어 쌤이 이번 시험에 출제될 작품을 미리 알려 주고 아예 외우라고까지 하셨다잖아!"

말하다 말고 은채는 씩씩 숨을 몰아쉬었다. 꽤나 억울한 듯 보였다. 예림은 가만히 은채를 보았다.

은채가 얼굴을 구겼다.

"앞 반 애들은 그 작품을 제대로 알지도 못했다고!"

"아아!"

예림은 그제야 은채의 말을 알아들었다. 앞 반은 제대로 인지하지 못했던 작품을 뒤 반 아이들은 알고 있었다. 그래서 앞 반 아이들은 모두 틀렸을 문제를 뒤 반 아이들은 쉽게 맞혔다. 은채는 그렇게 생각하는 듯했다.

샌드위치를 먹다 말고 은채는 자리에서 발딱 일어섰다.

"이럴 때가 아니야!"

은채가 예림의 팔을 잡아끌었다.

"같이 좀 알아보자."

예림은 남은 샌드위치를 입 안에 털어 넣고 은채 뒤를 쫓았다.

은채는 부랴부랴 3학년 1반을 찾아가 예영을 불러냈다. 예영도 은채 못지않게 성적이 좋은 아이였다. 은채는 예영에게 국어 시험이 어땠냐고 물었다.

예영이 얼굴을 찌푸렸다.

"갑자기 그건 왜 묻냐, 짜증 나게!"

"너 국어 23번부터 25번, 제대로 풀었어?"

"아니. 넌 제대로 풀었냐?"

예영은 기다렸다는 듯이 국어 23번부터 25번 문제에 대해 하소연을 해 댔다.

참을성 있게 예영의 말을 듣던 은채가 나직한 목소리로 말했다.

"뒤 반 선생님은 애들한테 그 작품을 콕 집어서 외우라고 했대."

예림과 달리 예영은 은채의 말에 곧장 반응을 보였다.

"진짜?"

"그래서 유림이는 다 맞았대."

예영도 은채처럼 씩씩거리기 시작했다.

"오 반에 가 보자!"

이번에는 예영이 은채를 앞질러 걸었다. 은채도 예영과 함께 가려는 걸 예림이 잡았다.

"애들 만나서 뭐 하게?"

"진실을 밝혀야지."

"무슨 진실?"

은채가 소리를 높였다.

"지금까지 뭘 들은 거야? 넌 화도 안 나?"

성큼성큼 걸음을 내딛던 예영이 고개를 돌려 은채를 찾았다. 곧 점심시간이 끝난다는 말도 덧붙였다.

"갔다 올게."

은채는 예림을 1반 교실 앞에 두고 예영과 함께 5반으로 갔다. 예림은 물끄러미 은채와 예영의 뒷모습을 바라보았다. 무엇인가 맹랑한 바람이 휘몰아칠 것 같았다. 은채의 눈빛이 그랬다.

빛나는 얼굴

　5교시 수업 시작종이 울렸다. 은채는 그제야 부리나케 자리로 돌아왔다. 예림은 은채가 어디에서 무얼 하다 왔는지 궁금했다. 하지만 곧 사회 선생님이 교실로 들어왔다.
　은채가 손을 번쩍 들고 질문을 던졌다.
　"선생님, 공정하다는 게 뭔가요?"
　교과서를 펴고 수업을 시작하려던 사회 선생님이 두 눈을 크게 뜨고 은채를 보았다.
　"갑자기 그건 왜 묻지?"
　"궁금해서요."
　"뭐, 수업이랑 상관은 없지만……."
　사회 선생님은 말끝을 흐리며 교과서를 덮었다. 그러고는 반 아이들에게 물었다.

"너희는 공정하다는 게 어떤 의미 같니?"

"모두에게 기회가 공평한 거요."

"정의로운 거요."

몇몇 아이들이 대꾸했다. 뒤쪽에서 강서현은 연신 콧방귀를 뀌었다. 은채의 질문이 영 못마땅한 눈치였다. 예림도 은채의 행동이 뜬금없다고 생각했다.

"대충 너희가 알고 있는 게 맞아. 공정하다는 건 어느 한쪽으로 치우침 없이 누구나 공평하게 같은 기회를 가질 수 있는 걸 말하지."

은채가 따박따박 따졌다.

"그럼 똑같은 문제로 시험을 보는데요, 한쪽은 선생님이 문제에 나올 것들을 미리 알려 줘서 시험에 대비할 수 있도록 하고요, 다른 한쪽은 한마디 언급조차 없었다면, 이건 공정한 건가요, 불공정한 건가요?"

곧장 반 전체에 야유 비슷한 소리가 번졌다. 은채가 제시한 사례는 누가 들어도 불공정한 것이었다.

"혹시 우리 학교에서 있었던 일이야?"

지우가 두 눈을 반짝이며 은채를 보았다. 은채는 곧장 국어 과목 이야기를 꺼냈다. 여기저기에서 아이들 목소리가 울울하게 번졌다. 마치 얕은 지진이라도 일어난 것처럼 은근하게.

사회 선생님이 난처한 듯 얼굴을 찡그렸다.

"은채야, 그럼 국어 시간에 따져야지."

"선생님은 어떻게 생각하세요?"

지우가 따지고 나섰다. 사회 선생님은 홰홰 고개를 저었다. 그러고는 국어 문제는 국어 시간에 따지라는 말만 되풀이했다. 사회 시간이 어수선하게 지나갔다.

사회 수업이 끝나기가 무섭게 몇몇 아이들이 은채 주위로 모였다. 아이들은 은채에게 어떻게 할 거냐고 물었다.

"일단은 사실 확인이 필요하니까 국어 선생님한테 여쭤 봐야지."

"그런 다음에는?"

"공정하지 않은 거였으니까 그에 맞는 보상 방안을 마련해 달라고 할 거야."

아이들은 또 국어 과목의 보상 방안에 대해 이러쿵저러쿵 떠들어 대기 시작했다. 교실이 시끌시끌했다. 예림은 은채와 주변에 모여 앉은 아이들을 멀거니 바라보았다. 역시나 은채를 중심으로 맹랑한 바람이 시작되고 있었다.

6교시 기술 수업이 끝나고, 은채는 옆 반 예영과 함께 제2교무실을 찾았다. 주미현 선생님은 난감한 표정으로 은채와 예영을 맞았다. 사회 선생님에게서 이야기를 들은 듯 보였다. 예림은 복도 쪽 커다란 창문으로 제2교무실을 들여다보았다.

은채와 예영을 앞에 두고 주미현 선생님은 무엇인가를 열심히 설명하고 있었다. 하지만 은채와 예영의 반응도 만만치 않게 치열했다. 팽팽하게 진행되는 경기를 관람하고 있는 기분이었다.

"여기에서 뭐 하냐?"

서현이 예림의 등 뒤를 지나며 제2교무실을 힐끔 살폈다.

"쟤는 왜 저렇게 쌈질을 못 해서 안달인지 몰라."

서현이 비웃는 표정을 지으며 패거리들을 보았다. 예림은 삐죽 성이 돋았다. 은채가 무슨 말만 해도 서현은 삐딱선을 타며 비아냥거렸다. 이유는 딱히 없었다. 서현은 여러모로 야무진 은채가 미운 거였다. 예림 생각에는 그랬다.

그래서 예림은 은채 편을 들고 싶었다.

"은채가 괜히 저러냐? 뒤 반 국어 선생님이 잘못한 거잖아."

서현이 예림에게 얼굴을 들이밀며 빈정거렸다.

"오, 그러셔? 그럼 너도 같이 가서 따지지 그러냐?"

"저래 봤자 달라질 거 하나도 없을걸?"

"맞아. 어차피 그 성적이 그 성적이지, 뭐."

"성적에 목숨 거는 애들, 진짜 싫다!"

서현 패거리들이 이죽거리며 예림의 곁을 지났다. 예림은 주먹에 바짝 힘을 넣었다. 싸우고 싶었다. 급식실 조리 실무사에 대해 비아냥거리는 것은 예림의 할머니가 급식실에서 일하는 걸 모르고 하는 말일 테니 넘어갈 수 있었다. 하지만 은채가 이유 없이 비웃음의 대상이 되는 건 참고 싶지 않았다.

예림이 큰 걸음으로 서현을 쫓았다.

"야, 강서현!"

서현은 현관 앞에서 몸을 돌려 예림을 보았다.

서현 앞에 우뚝 선 채 예림이 목청을 높였다.

"너, 사과해!"

"푸하하."

서현은 웃음을 터뜨렸다. 예림의 얼굴이 벌게졌다.

서현이 예림을 아래위로 훑으며 빈정거렸다.

"너, 진짜 웃기는 거 알지?"

서현 옆에서 영지도 킥킥거렸다.

"은채랑 다니더니 쌈병 전염됐나 봐."

예림은 온몸에 바짝 힘을 주고 바락바락 소리를 질렀다.

"쌈병 아니거든! 잘못된 걸 바로잡으려는 거거든!"

그래도 서현 패거리는 눈 한 번 깜빡하지 않았다.

"그러니까 잘못된 게 뭐냐고?"

"수업 시간에 선생님이 뭘 어떻게 가르치든 그건 선생님 마음이야. 은채가 뭐라고 가서 따져?"

"전교권이면 선생님이 낸 문제를 놓고 맞네, 틀리네, 해도 되는 거야? 지가 뭐라고!"

예림의 한마디에 서현네는 열 마디 스무 마디를 보탰다. 혼자

힘으로 서현네를 당해 낼 수 없었다.

"싸우고 싶으면 은채 옆에 가서 해. 괜한 사람 괴롭히지 말고."

말을 던지고 서현은 캭, 침을 뱉었다. 더 이상은 상대하지 않겠다는 거였다. 예림은 멍하게 서현네를 바라보았고, 서현네는 저희끼리 깔깔거리며 운동장으로 나갔다.

예림은 고개를 푹 숙였다. 머릿속에 할머니와 엄마, 그리고 아빠의 얼굴이 뱅글뱅글 돌았다. 그 틈새에 은채도 들어가 버렸다. 누가 누가 잘 싸우나 내기라도 벌이는 것 같았다. 머리 한쪽이 딱딱거렸다. 귀찮았다. 예림은 은채를 기다리지 않고 혼자 학교를 빠져나왔다. 어차피 은채는 예영과 함께 나올 테니까.

학교 앞 언덕배기를 터덜터덜 걸어 내려오는데도 두통은 계속됐다. 어쩌면 점심시간부터 신경을 곤두세웠던 것도 같았다. 예림은 이어폰을 귀에 꽂고 휴대 전화를 열었다. 선인장꽃의 음악이 필요했다.

'소여동의 빛'을 들으며 걸음을 옮기다가 예림은 우뚝 멈추어 섰다. 언덕 아래 소여초등학교 정문이 활짝 열려 있었다. 무슨 일인가 싶어 예림은 소여초등학교로 다가갔다. 운동장에 승용차 세 대가 나란히 세워져 있었다. 누군가 소여초등학교를 방문한 거였다. 사람은 보이지 않았지만 누군가의 흔적만으로도 예림은 반가웠다. 옆에 은채가 있었더라면 은채는 씩씩하게 정문을 지나 소여초등학교로 들어갔을 거였다. 하지만 예림 혼자서는 자신이 없었다. 주위 아이들도 소여초등학교 앞에서 수군거리며 반가움을 드러낼 뿐 선뜻 학교 정문을 넘지는 않았다. 예림도 운동장 한쪽에 자리 잡고 있는 승용차만 물끄러미 바라보다가 걸음을 돌렸다.

예림은 은채에게 메시지를 보냈다.

> 소여초등학교에 누가 왔어

메시지 옆에 박힌 숫자 '1'은 쉽게 사라지지 않았다. 아직도 교무실에 있나 싶었다. 예림은 홰홰 머리를 털었다. 메시지를 보면 은채가 연락할 거였다. 조바심 낼 필요가 없었다. 예림은 '소여동의 빛'을 흥얼거렸다. 기분이 한결 나아졌다. 활짝 열린 소여초등학교 정문 때문인지도 몰랐다.

'선인장꽃에게도 알려 줄까?'

예림은 선인장꽃의 방명록을 열었다. 며칠 전, 예림이 올린 글이 방명록의 마지막에 있었다. 예림은 선인장꽃의 홈을 빠져나왔다. 선인장꽃이 한 번 알은체했다고 치근대듯 자꾸만 글을 남길 수 없었다. 그건 너무나 모양이 빠지는 짓이었다. 예림은 최소한의 자존심만큼은 지키고 싶었다.

선인장꽃의 노래를 들으며 집으로 막 들어가는데 전화벨이 울렸다. 엄마였다.

"교육청으로 가 봐."

엄마가 다짜고짜 말했다. 신경질적인 목소리였다.

"왜?"

"왜긴 왜야? 거기 할머니 가 계신대!"

엄마는 교육청 앞에 가서 할머니를 모시고 오라고 했다. 그러면서 그 연세에 왜 자꾸 시위하는데 쫓아다니는지 모르겠다며 한탄했다. 예림은 또 머리가 딱딱 아팠다. 싸움판에 끼어들기 싫다고 엄마에게 말하고 싶었다. 하지만 엄마는 자신이 할 말만 하고 전화를 끊어 버렸다.

예림은 가방을 집 안에 던져두고 다시 집을 나섰다. 휴대 전화와 이어폰은 잊지 않았다.

버스를 타고 교육청으로 갔다. 버스 정류장에서 교육청까지 큰길을 따라 걸어가는데 쿵쿵거리는 북소리가 울렸다. 그리고 귀에 익은 목소리가 스피커를 뚫고 튀어 나왔다. 할머니였다. 예림은 걸음을 재게 놀렸다.

"아침 일곱 시부터 환기도 제대로 안 되는 조리실에 모여서 조리를 시작합니다. 재료 손질부터 칠백 명이 먹을 점심을 네 명의 조리 실무사가 준비를 하는데 시간도 넉넉하지 않아요. 영양소 따지느라 재료도 다양하고 조리법도 다채롭습니다. 또 아이들이 튀기고 조리고 볶은 음식을 좋아하니까 날마다 그런 요리를 만드는데 그러다 보면 조리실은 온통 기름 끓어오르는 연기로 꽉 찹니다. 그 연기에 우리 몸을 병들게 하는 성분이 아주 많대요. 그런 걸 마시면서 우리가 일하는 겁니다."

교육청 정문 앞 도로에 하얀색 조리사 옷을 입은 아주머니들이 쪼그려 앉아 있었고, 할머니는 아주머니들 앞에서 마이크를 쥐고 또박또박 말하고 있었다. 할머니를 비롯한 아주머니들은 오른쪽 손목에 빨간 리본을 두르고 있었고, 몇몇 아주머니들은 "급식실 작업 환경을 개선하라", "이대로 일하다가는 병들어 죽는다"라고 적힌 피켓을 들고 있었다. 하지만 그뿐이었다. 교육청 앞을 오가는 사람들은 물론 교육청을 드나드는 사람들조차도 아주머니들에게 관심을 기울이지 않았다. 그냥 급식실 조리 실무사들이 교육청 앞에서 단합 대회를 벌이고 있는 것 같았다. 조금도 위협적으로 보이지 않았다. 떠들거나 말거나 아무도 신경을 쓰지 않는 분위기였다.

예림은 쪼그려 앉아 있는 아주머니들 뒤에 우두커니 서서 할머니를 바라보았다.

'저걸 도대체 왜 하는 거지?'

그때 할머니가 대차게 질문을 던졌다.

"큰 걸 바라는 게 아닙니다. 작업 환경을 좀 바꿔 주세요. 조리 실무사를 좀 늘려 주고 환풍기를 설치해 주세요. 이게 그렇게 어려운 일입니까?"

할머니 앞에 앉아 있던 조리 실무사들이 "아니오!" 대답하며 손뼉을 쳤다. 할머니는 아주머니들을 바라보며 벙싯 웃더니 마이크를 누군가에게 넘겨주고 바닥에 앉았다. 할머니 옆에는 마산 아주

머니도 있었다.

할머니로부터 마이크를 건네받은 아주머니가 목청을 높였다.

"저희가 큰 거 바라는 거 아니지요. 작업 환경을 바꿔 주세요!"

할머니와 또 다른 조리 실무사들이 "작업 환경을 바꿔 주세요!" 하고 소리를 질렀다. 목소리에 힘이 넘쳤다.

예림은 주위를 둘러보았다. 사람들이 입을 모아 소리를 높이는데도 주위 공기는 바뀌지 않았다. 그런데도 할머니는, 아니 할머니뿐 아니라 한데 모여 앉은 조리 실무사들 얼굴은 모두 빛나는 것 같았다. 이유가 뭘까 싶었다. 엄마가 할머니를 모시고 오라 했는데, 예림은 그럴 수 없었다. 예림은 시위가 끝날 때까지 시위대 옆에서 할머니와 조리 실무사들을 가만히 바라다보았다.

곁에 있는 사람들

 된장찌개가 보글보글 끓었다. 예림이 좋아하는 깍두기가 잔뜩 들어간 된장찌개였다. 할머니는 예림이 좋아하는 가지볶음이랑 게맛살 넣은 달걀찜도 뚝딱 만들었다. 엄마가 일하는 반찬 가게에서는 절대로 만들어 주지 않는 반찬이었다.
 "와서 보니까 어떻드나?"
 마산 아주머니가 싱글거리며 밥과 국을 내왔다. 두 분이 손 맞춰 만들어 주는 저녁 밥상은 근사했다.
 "그냥 뭐……."
 스무 명 남짓한 급식실 조리 실무사들이 목청껏 내지르는 외침은 아팠다. 들어 주는 사람이 없어서였다. 한편으로는 가슴 가득 뜨거운 기운이 차오르는 것도 같았다. 서로서로 손을 잡고 어깨를 두드리며 눈빛을 나누는 모습에서 그랬다. 하지만 예림은 마산 아주머니에게 아무 말도 하지 않았다. 예림에게 전해지는 두 개의 감정이 어떤 크기인지 가늠하기 어려워서였다.

할머니가 된장찌개를 식탁 위에 올리며 예림에게 물었다.

"거기는 뭐 하러 온 거야?"

"그러게, 뭐 하러 왔노? 할머니 걱정됐나?"

마산 아주머니는 여전히 싱글벙글이었다. 왜 그렇게 기분이 좋은지 묻고 싶을 정도였다.

"뭐, 그냥……"

마산 아주머니가 김이 모락모락 오르는 밥을 입 안에 넣으며 해죽 웃었다.

"우야튼 엄마 없이 예림이만 오니까 좋네. 그쵸, 형님?"

할머니는 예림의 속을 읽어 내려는 듯 차분한 눈으로 예림을 살폈다.

예림은 별스럽지 않은 일처럼 툭 말을 던졌다.

"엄마가 가 보라고 했어요."

마산 아주머니가 대꾸했다.

"너거 엄마가? 우짠 일로?"

"뭐, 나 데리고 오라고 시켰겠지."

할머니는 예상하고 있었다. 역시 할머니와 엄마는 모녀지간이 맞았다.

예림이 한창 시위를 지켜보고 있을 때 엄마에게서 전화가 걸려왔다. 할머니를 모시고 왔는지 확인하려는 거였다. 마침 예림은 멀리에서나마 할머니와 눈빛을 나눈 뒤였다. 예림은 당당하게, 할머니를 만났고 할머니 집에서 저녁을 먹고 가겠다고 답했다. 엄마는 안도한 듯 알겠다고 대답했다.

밥 한 그릇을 뚝딱 해치운 예림이 할머니를 불렀다.

"할머니!"

마산 아주머니는 저녁 설거지를 하겠다며 싱크대 앞에서 수돗물을 틀어 놓고 흥얼흥얼 콧노래를 부르고 있었다. 콧노래에 맞춰 마산 아주머니 엉덩이가 실룩실룩 움직였다.

"왜? 딸기 먹을래?"

할머니가 예림을 힐끗 쳐다보고는 냉장고를 열었다. 예림은 불룩한 배를 문지르며 고개를 저었다.

"너무 배불러요."

할머니는 마산 아주머니에게 젖은 행주를 주고는 자그마한 거실로 갔다. 예림은 할머니 뒤를 졸졸 따랐다.

예림이 물었다.

"할머니는 왜 시위하는 거예요?"

할머니가 대답 없이 텔레비전 리모컨으로 전원 버튼을 눌렀다. 텔레비전에서는 전복 파는 쇼호스트 목소리가 낭랑하게 울렸다. 할머니는 리모컨으로 볼륨을 낮췄다.

할머니가 물었다.

"아까 거기 와서 다 듣지 않았어?"

예림은 얕게 탄성을 뱉으며 고개를 끄덕였다. 시위하는 이유는 교육청 앞에 모인 조리 실무사들의 이야기를 통해서 다 들었다.

'급식 조리실 환경 개선. 그러지 않으면 조리 실무사들 다 병들어 죽는다……'

"그래도 조리 실무사 분들이 시위하는 바람에 아이들이 밥을 못 먹잖아요."

"그건 참 미안한 일이지."

할머니는 한숨을 쉬었다. 얼굴도 침울해 보였다. 예림은 괜한 이야기를 꺼냈나 싶었다.

"그렇다고 예림아, 힘없는 사람들이 불합리한 일을 당하면서도 입 다물고 그냥 좋게, 좋게 넘겨 버릇하면 말이다, 힘없는 사람들은 그렇게 당해도 된다고 생각하는 사람들이 늘어나. 불합리한 일을 당연한 것처럼 생각하게 된단 말이지. 그래서야 되겠니?"

할머니 얼굴은 매우 진지했다. 마이크 잡고, 조리 실무사들 앞에서 이야기할 때처럼.

"우리 형님, 또 좋은 말씀 하고 계시네."

설거지를 마친 마산 아주머니가 새빨간 딸기를 씻어 하얀 접시에 담아 왔다. 배가 불러 안 먹으려고 했는데 그럴 수 없었다. 예림은 싱싱한 딸기를 한 입 가득 베어 물었다. 새콤달콤한 과즙이 입

안에 번졌다.

"불합리한 것을 불합리하다 이야기하는 사람이 늘어나야 해. 그래야 불합리한 일을 조금이라도 줄일 수 있어."

할머니가 말을 마쳤고, 마산 아주머니는 고개를 주억거리며 "그럼, 그럼!" 맞장구쳤다. 예림이 고개를 반짝 들고 할머니를 보았다. 내내 하고 싶었던 말이 있었다.

"아무도 쳐다보지 않던걸요?"

마산 아주머니가 먼저 반응했다.

"누구를? 우리를?"

예림은 마산 아주머니를 보며 고개를 끄덕였다.

할머니가 허허 웃으며 대꾸했다.

"그래도 듣기는 하지 않았겠어?"

예림은 빤히 할머니를 보았다.

"하하. 우리가 백 번쯤 말하면 한 번은 들은 체해 주겠지. 시끄러워서라도 말이야."

"한 번만 제대로 들어 주면 된다 아입니꺼."

마산 아주머니도 할머니를 따라 호호 웃었다. 교육청 앞에서 주먹을 번쩍번쩍 들어 올리며 시위하고 온 사람들이 맞나 싶을 만큼 할머니와 마산 아주머니는 편안해 보였다.

저녁 8시가 되어 예림은 할머니와 함께 집을 나섰다. 오늘도 마산 아주머니는 할머니 집에서 자고 갈 모양이었다. 할머니와 나란히 걸으며 예림은 교육청 앞에 있던 할머니를 떠올렸다. 아무리 하고 싶어 하는 일이라 해도 무관심한 사람들 사이에서 무리 지어 앉아 있는 모습은 안쓰럽고 안타까웠다.

예림이 걸음을 멈추고 할머니를 불렀다.

할머니가 예림을 보았다.

"그래도 힘들지 않아요?"

힘들 텐데 그래도 계속 고집을 부리는 이유가 궁금했다.

"힘들지."

할머니가 맥없이 대꾸했다.

"그래도 말이다……."

말을 이으려다 말고, 할머니는 고개를 들어 하늘을 보았다. 어둑발이 내린 하늘에는 구름 사이로 조각달 하나가 희끄무레하게 걸려 있었다.

할머니가 물었다.

"저기 별 보여?"

예림은 눈을 크게 뜨고 고개를 이리저리 돌렸다. 아직 어둠이 짙어지지 않은 탓인지 별은 제대로 보이지 않았다. 그나마 오밀조밀 모여 있는 곳에서만 반짝이는 별을 찾을 수 있었다.

할머니가 허리를 곧추세우며 말했다.

"저기 제대로 빛을 내지도 못하고 흩어져 있는 별들이 꼭 우리처럼 힘없고 빽 없는 사람들 같지 않니?"

예림은 멀거니 밤하늘을 올려다보았다.

할머니가 말을 이었다.

"그래서 힘없고 빽 없는 사람들은 더 악착같이 모여서 봐 달라고 소리를 내야 해. 그러지 않으면 제대로 빛나 보지도 못하고 사라질 거야."

할머니는 공사장 근처 백반집에서 일하면서 힘없고 빽 없는 사람들을 수도 없이 봤다고 말했다. 그들은 하루에 몇 번씩 부당한 일을 겪으면서도 혹시라도 일자리를 잃을까 눈치 보느라고 부당한 일에 저항하지 못했다고 했다.

"대부분의 사람들이 잘못되었다는 걸 알고 있으면서도 저항하지 않으니 잘못된 일이 꼬리에 꼬리를 물고 이어지더라. 세상이 그래서야 되겠니? 우리 예쁜 예림이가 살아갈 세상인데?"

할머니가 예림을 쳐다보며 빙시레 웃었다. 예림도 할머니를 따라 웃어 보였다. 할머니의 말이 따스했다.

집으로 돌아오는 내내 예림은 할머니 말을 곱씹었다.

'할머니가 마이크 잡고 사람들 앞에서 목소리 높이는 것이 내가 살아갈 세상을 위해서라니.'

할머니가 달리 보였다. 조금 과장하자면 전쟁터에 나서는 장군 같았다. 할머니 눈빛이 딱 그랬다.

현관문을 열어 주며 엄마가 퉁명스레 말했다.

"뭘 하다 이제 와?"

"할머니랑 있다 온다고 했잖아."
예림도 엄마 못지않게 불퉁거리며 방으로 들어왔다.

> 소여초등학교에 누가?

할머니랑 한창 저녁 먹고 있던 시간에 은채가 보낸 메시지였다. 예림은 뒤늦은 답을 보냈다.

> 누군지는 몰라!

> 일찍도 알려 준다

> 할머니네 갔었어

> 할머니는 괜찮으셔?

은채 물음에 예림은 다시 할머니를 떠올리고 짧게 답했다.

> 응 완전 멋져! ㅋㅋㅋㅋ

> 다행!

은채는 한숨을 내쉬는 이모티콘을 올렸다.

> 내일 학교에 일찍 갈 수 있어?

> 응! 근데 왜?

> 말하려면 너무너무 길어
> 내일 20분만 일찍 가자

> 오키

예림은 곧장 잠자리에 들 준비를 했다. 학원 수업 없는 월요일인데도 무척이나 바쁜 하루였다.

이튿날, 평소보다 일찍 만난 은채는 잔뜩 부은 얼굴이었다.
예림이 은채를 보며 킥킥거렸다.
"야식 먹고 잤어?"
은채는 도리질하며 잠을 제대로 못 잤다고 했다.
"나 좀 도와줘."
은채가 다짜고짜 말했다.
예림은 눈을 동그랗게 뜨고 은채를 보았다.
"어제 예영이랑 주미현 쌤 만났잖아!"
학교 쪽으로 걸음을 옮기며 은채는 주미현 선생님과의 담판을 조곤조곤 풀어냈다. 대충 요약하자면, 뒤 반 국어 선생님과는 다르게 주미현 선생님은 앞 반 아이들에게 시험에 출제될 작품을 중요하게 언급하지 않은 게 맞았다. 주미현 선생님은 뒤 반 선생님이 시험에 나올 작품을 일일이 알려 줄 줄 몰랐고, 때문에 앞 반과 뒤 반의 국어 성적에 차이가 생긴 부분에 대해서는 미안하다고 했다. 하지만 딱 거기까지였다.

선생님이 어떤 작품을 딱 찍어서 시험에 나올 거라고 미리 고지할 의무는 없다며 주미현 선생님은 은채와 예영의 말을 잘라 냈다고 했다.

"완전 어이없지 않아? 선생님들 때문에 우리 성적에 차이가 생겼는데!"

은채는 또다시 부르르 떨었다. 다시 생각해도 억울하고 분한 듯했다.

은채가 말했다.

"앞 반 아이들한테 서명받으려고 해. 분명히 선생님들이 잘못한 거니까 이의 제기해서 성적관리위원회를 열도록 할 거야."

"그런 다음에는?"

"앞 반이랑 뒤 반 모두 공정하게 성적이 처리될 수 있도록 조정해 달라고 해야지."

"가능할까?"

은채 말을 들으며 예림의 고개는 자꾸만 갸우뚱 기울어졌다. 이미 끝난 시험이고, 주미현 선생님 말처럼 선생님이 시험에 출제될 작품을 아이들에게 알려 줄 의무는 없다고 생각했다.

"안 된다 하더라도 말은 해 봐야지. 분명히 잘못된 거잖아!"

은채가 목소리를 높였다. 잔뜩 성이 오른 목소리였다. 예림은 가만가만 걸음을 옮기며 할머니가 한 말을 되짚었다. 예림이가 살아갈 세상을 위해서 할머니는 싸운다고 했다.

'지금, 은채의 싸움은 무엇을 위한 걸까.'

곁에 있는 사람들 때문에 예림의 머릿속이 자꾸만 엉키는 기분이었다.

싸움꾼 조은채

　은채는 반 아이들에게 인맥을 총동원해서 앞 반과 뒤 반 아이들의 국어 성적을 알아봐 달라고 했다.
　사회 시간에 은채를 통해서 국어 시험 이야기를 알게 된 아이들은 호기심이 가득한 얼굴로 은채를 보았다.
　"그래서 어떻게 할 거야?"
　"실제로 앞 반과 뒤 반 국어 성적에 차이가 있는지를 알아봐야 해. 물론 그 차이가 23번부터 25번 문제 때문인지도 파악해야겠지. 그런 다음 실제로 성적 차이가 존재한다는 증거를 마련해서 학교에 성적관리위원회를 신청할 거야."
　은채 주위에 있던 아이들이 손뼉을 치며 환호했다. 은채는 아이들 여럿과 단체 채팅방을 열어 질문지 폼의 링크를 걸었다. 질문지 폼에는 응답자의 반과 국어 가채점 성적, 23번부터 25번까지 맞았는지 틀렸는지를 적게끔 되어 있었다.

"아는 아이들한테 링크만 뿌려 주면 돼. 나머지는 내가 알아서 할게. 특히 뒤 반 아이들, 걔들의 가채점 결과가 진짜 중요해."

은채는 야무지게 말을 마쳤고, 몇몇 아이들은 곧장 휴대 전화를 열어 아는 친구들을 소환했다.

은채는 예림에게 종이 한 장을 내밀었다.

"예림아, 이것 좀 봐 줘."

종이에는 지난밤, 은채가 고심하며 작성한 글이 적혀 있었다. 예림은 은채가 쓴 글을 꼼꼼히 읽었다.

안녕? 나는 3학년 2반 조은채야.
지난주에 치른 중간고사 국어 시험은 모두 잘 봤니?
나는 평소보다 문제가 조금 까다롭다고 생각했거든. 특히 23번부터 25번 문제는 국어 수업 시간에 중요하게 다루지 않았던 작품이 주관식으로 출제되어서 굉장히 난감했어. 해당 작품을 달달달 외워야 맞힐 수 있는 문제였잖아. 그런데 변정인 선생님이 가르치는 반에서는 아주 수월하게 풀었다고 하더라. 왜냐하면 변정인 선생님이 해당 작품을 미리 알려 주고, 되도록 외우라는 말까지 하셨다는 거야.
주미현 선생님은 수업 시간에 어떤 작품을 주요하게 다룰지는 선생님 자유라고 하시지만, 나는 굉장히 큰 문제라고 생각해. 주미현 선

선생님이 담당한 반 아이들은 피해를 보았으니까 말이야. 나는 이 문제를 학교 측에 따지고 정정을 받으려고 해. 너희도 나와 함께해 줘.

은채는 평소에 글쓰기를 굉장히 싫어했다. 학교에서 열리는 행사에는 앞뒤 가리지 않고 참여하는 편이었는데도 독후감상문 경진 대회나 에세이 쓰기에는 신청할 생각조차 하지 않았다. 그런데 이번 글은 누가 시킨 것도 아닌데 꽤나 정성을 들인 티가 났다. 마치 국어나 역사 수행 평가를 준비하듯 신경을 쓴 것 같았다.
"잘 썼는데?"
"진짜?"
예림의 칭찬에 은채가 해죽 웃었다.
"애들이 같이해 줄 것 같아?"
은채가 시간과 정성을 쏟아 가며 글을 쓴 목적은 딱 하나였다. 더 많은 아이들의 참여를 유도하는 것. 예림은 글을 다시 읽었다. 은채의 글은 친근하고 다정하면서도 단단했다. 은채의 마음에 공감한다면 충분히 은채와 함께하겠다 나설 것 같았다. 하지만 예림은 그러고 싶지 않았다. 어제 서현이 했던 말이 떠올랐다.
"저래 봤자 달라질 거 하나도 없을걸?"
"어차피 그 성적이 그 성적이지."
예림은 은채의 글보다 서현의 짧은 말에 더 공감했다. 주미현 선생님이 은채의 말을 완곡하게 잘라 냈다는 것도 마음에 걸렸다.

"글쎄……."

은채가 입을 불뚝 내밀며 예림을 보았다.

"왜? 같이해 주지 않을 것 같아?"

예림은 턱을 긁적이며 말을 골랐다.

'뭐라고 말하는 게 좋을까.'

이럴 때마다 이러지도 저러지도 못하는 게 스스로 좀 답답했다. 그때 서현이 은채를 흘기며 깐죽거렸다.

"진짜 웃겨. 야, 넌 네가 뭐라도 되는 줄 알아?"

서현의 얼굴에는 자신감이 넘쳤다. 은채와의 싸움에서 이기기라도 한 것처럼. 서현은 왜 저렇게 은채만 보면 시비를 못 걸어 안달인지 예림은 문득 궁금했다.

은채가 쨍하니 쏘아붙였다.

"걱정 마. 너한테 같이해 달라고는 안 할 테니까!"

서현은 어이없다는 듯 웃음을 흘리며 자리로 돌아갔다.

은채가 뚱한 얼굴로 예림을 보았다.

"넌 같이 안 해 줄 거야?"

"알았어, 같이해."

은채는 헤벌쭉 웃더니 예림에게 자기가 쓴 글을 고쳐 달라고 했다. 조금 더 애절하고 간절하게. 예림은 은채가 내민 종이를 받아들고 자리에 앉았다. 은채는 또 다른 아이들을 만나러 교실 밖으로 나갔다. 등 뒤에서 서현 패거리들이 깔깔거리는 소리가 들렸다. 예림을 비웃고 있는 것 같았다. 생각도 줏대도 없는 아이라고. 예림의 얼굴이 벌게졌다. 예림은 이어폰을 꽂고 선인장꽃의 노래를 재생했다. 마음이 차분하게 가라앉는 듯했다.

3교시는 문제의 주미현 선생님 수업이었다. 선생님은 은채가 3학년 교실을 종횡무진 휩쓸고 다닌다는 걸 이미 알고 있었다.

"너희도 선생님이 잘못했다고 생각하니?"

선생님 말투는 가시처럼 뾰족했다. 그래도 대부분의 아이들은 그렇다고 소리를 질렀다. 선생님은 길게 한숨을 내쉬었다. 그러고는 은채에게 했던 말을 그대로 전했다. 아이들이 "우우!" 하며 책상을 두드렸다.

"야, 선생님 말씀이 맞지!"

뒤쪽에서 서현이 소리를 높였고, 옆에서 패거리들이 동조했다. 교실 전체에 찬반이 갈리며 소란스러워졌다. 선생님이 교탁을 치며 아이들을 말렸다.

"어쨌든 시험 문제 자체에 문제가 있는 것도 아니고, 수업 시간에 얼마나 집중적으로 이야기했느냐의 문제인데, 사실 그 작품에 대해서는 나도 수업 시간에 언급했거든. 그래서 특별히 조치를 취해 줄 수 있는 게 없어요. 그러니까 은채도······."

은채가 자리에서 발딱 일어났다.

"단순하게 언급을 하고 안 하고의 문제가 아니잖아요."

그러고는 두 선생님 중 한쪽이 시험에 유리하게끔 수업을 진행한 게 잘못이라고 말을 붙였다.

아이들 웅성거림이 다시 커졌다.

선생님은 얼굴을 찡그리며 아이들 반응에 반박했다.

"물론 선생님들이 사전에 합의를 하지 못한 건 잘못이야. 하지만 선생님 각자의 수업 내용이나 방식은 고유한 거야."

예림은 갈피를 잡을 수가 없었다. 선생님 말도 분명히 일리가 있었다. 그렇다고 은채의 말이 틀린 것도 아니었다. 어느 한쪽의 손을 무작정 들어 줄 수 없는 상황에 예림은 머리가 지끈거렸다.

수업이 끝나기 무섭게 은채는 자리에서 일어나 예림을 잡았다. 뒤 반 아이들이랑 이야기를 해 봐야겠다는 거였다.

"예림아, 우리 뒤 반에 가 보자!"

예림은 도리질했다. 은채는 서운한 듯 입을 오물거렸다.

예림은 은채에게 사정했다.

"머리가 아파서 그래. 대신 네가 쓴 글 잘 만져 볼게."

은채는 옆 반 예영과 함께 뒤 반으로 향했다. 예림은 은채의 뒷모습을 물끄러미 바라보며 할머니를 떠올렸다. 은채에게는 할머니에게서 느껴졌던 그런 느낌이 없었다. 그냥 싸움꾼 같았다. 누구를 위한 싸움인지 은채에게 묻고 싶었다.

예림은 교과서에 끼워 놓았던 종이를 꺼냈다. 그리고 은채의 글을 몇 번씩 읽었다. 어쩌면 글 속에 답이 있을지도 몰랐다.

은채는 점심시간에도, 수업을 모두 마치고도 내내 바빴다. 앞 반 아이들 상당수가 은채가 만들어 놓은 질문지 폼에 답을 준 탓이었다. 은채는 뒤 반 아이들 협조가 필요하다며 연신 뒤 반들을 들락거렸다. 예림은 멀찍이에서 은채를 바라보다가 홀로 학교를 빠져나왔다.

정문을 지나 언덕배기를 내려오면서 예림은 이어폰을 귀에 꽂았다. 선인장꽃의 노래를 들으며 마음을 정리하고 싶었다. 그러다가 혹시나 싶어 선인장꽃의 홈을 클릭했다. 방명록에 빨간 점이 붙어 있었다. 새 글이 있는 거였다. 예림은 두근거리는 가슴을 진정시키며 빠르게 걸음을 옮겼다. 이왕이면 소여초등학교 앞에서 선인장꽃의 방명록을 열고 싶었다.

소여초등학교는 오늘도 활짝 열려 있었다. 그리고 운동장에서 바쁘게 왔다 갔다 하는 사람들도 보였다. 초등학교에는 어울리지 않는 아저씨들이었는데, 학교 건물을 바라보며 무엇인가 심각한 이야기를 나누는 듯 보였다. 어떤 아저씨는 커다란 종이를 양 손으로 쫙 펼친 채 학교 건물과 주변을 빙 둘러 보았다. 무얼 하고 있느냐고 묻고 싶었지만 그러기에는 아저씨들 움직임이 분주해 보였다.

예림은 소여초등학교를 지나 선인장꽃의 방명록을 열었다.

소여초등학교 나도 잘 알아요.
어쩌면 그곳이 소여동의 빛이 될지도 몰라요.
그래서 나는 무척 부풀어 있답니다.

소여동에 빛이 내리면 은빛님과도 만날 수 있을까요.

글을 읽고, 예림은 "꺅!" 비명을 질렀다. 옆에 은채가 있다면 은채의 어깨를 팡팡 두드리며 방방 뛰었을지도 몰랐다. 예림은 선인장꽃이 남긴 짧은 글을 몇 번씩 곱씹어 가며 읽었다. 선인장꽃의 글은 이전과 확실히 달랐다. 예림에 대한 경계가 무너진 듯한 느낌이었다. 예림은 곧장 선인장꽃의 글에 답을 남겼다.

얼마든지요. 아니, 꼭 만나고 싶어요!
소여동에 오시면 제가 찾아갈게요.
아 참, 소여초등학교에 변화가 생기기 시작했어요.
오랫동안 굳게 닫혔던 정문이 활짝 열렸다니까요.
선인장꽃 님 말씀처럼 소여초등학교에 빛이 내리고 있나 봐요.

은채의 싸움에 한없이 가라앉았던 기분이 갑자기 확 떠올랐다. 열기구를 타고 파란 하늘 위로 둥실 떠오른 듯한 느낌이었다. 은채도 빨리 싸움을 끝내고, 예림의 곁으로 돌아왔으면 싶었다.
'은채와 함께 선인장꽃을 만나러 갈 수 있다면……. 그러려면 은채의 싸움을 거들어 줘야 하나?'
또 다른 의문이 솟았다.
'내 의지와는 상관없이 친구를 따라서 그냥 싸워도 되나?'

예림은 뒷머리를 벅벅 긁었다.

'아, 역시 복잡해.'

모처럼 들뜬 기분을 망치고 싶지 않았다. 예림은 이어폰의 볼륨을 한껏 높이고 성큼성큼 발걸음을 옮겼다.

그런 아이

 급식이 부실하다고 생각했는지 엄마가 웬일로 새우볶음밥을 해 놓았다. 예림은 학원 갈 채비를 한 다음 식탁 앞에 앉았다. 선인장꽃의 노래를 들으며 오물오물 밥을 씹는데 전화가 걸려 왔다.
 힘없이 가라앉은 은채의 목소리가 들렸다.
 "어디야?"
 예림은 똑같은 질문을 은채에게 던졌다.
 "넌 어딘데?"
 "집에 가는 길."
 예림은 시계를 보았다. 수업 끝나고 한 시간이 지나 있었다.
 '그동안 은채는 무얼 하고 있었던 걸까.'
 "여태 뭐 했는데?"

"그냥…… 애들도 만나고, 선생님들도 만나고……."

그런데도 목소리에 기운이 없다는 것은 은채의 생각대로 일이 풀리지 않는다는 거였다. 예림은 은채가 안쓰러웠다.

"조금 있으면 학원 가야 하는데……."

"우리 오늘 땡땡이칠까?"

땡땡이 소리까지 하는 걸 보니 어지간히 힘든 모양이었다.

예림이 물었다.

"우리 집으로 올래?"

은채가 이렇게 힘들어하는데, 하루 정도는 학원을 빼먹어도 괜찮을 것 같았다. 어차피 시험도 지난주에 끝났으니까.

은채는 10분이 채 되지 않아 예림이 집에 도착했다.

"음, 맛있다!"

은채는 차게 식은 새우볶음밥을 오물오물 씹었다. 어깨는 축 처진 듯했다.

"많이 힘들어?"

예림이 물었고, 은채는 "적당히!"라고 답했다.

"앞 반 애들은 굉장히 적극적인데 뒤 반 애들은 시큰둥해."

은채는 절레절레 고개를 저었다.

"처음부터 예상했던 일이긴 해."

"뒤 반 애들한테는 잘된 일이니까 굳이 잘못됐다고 말하고 싶지 않겠지."

"내일은 일인 시위를 해 볼까 해!"

은채가 두 눈을 빛내며 예림을 보았다. 조금 전까지 힘이 쭉 빠져 있던 그 아이가 맞나 싶었다.

은채는 교문 앞에서 스케치북을 들고 서 있겠다며, 스케치북에 무슨 말을 쓰면 좋을지 물었다.

"그렇게까지 해야겠어?"

혹시라도 은채가 다칠까 봐, 예림은 걱정스러웠다. 엄마가 할머니를 생각하는 마음이 이런 건가 싶었다. 하지만 은채는 마음을 먹은 듯했다.

"성적관리위원회가 열리려면 내일까지 우리 삼 학년 전체 아이들의 절반은 호응해 줘야 하는데, 아직 한참 모자라."

예림은 교문 앞에서 스케치북을 들고 서 있을 은채를 그려 보았다. 은채 주위로 수많은 아이들이 은채를 힐끔거리며 지나갈 거였다. 그중에는 서현 같은 아이들도 있을 테고 무엇보다 선생님들이 가만히 있을까 싶었다. 자칫하다가 지금까지 잘 쌓아 올린 은채의 이미지가 한꺼번에 곤두박질칠지도 몰랐다.

예림은 은채를 물끄러미 바라보다가 툭 질문을 던졌다.

"너, 성적 때문에 싸우려는 거야?"

예림이 생각에 은채가 싸우는 이유는 그것밖에 없었다. 은채는 성적이 매우 잘 나오는 학생이었고, 그런 은채에게 국어 점수 몇 점, 석차 몇 등은 꽤나 중요한 의미일 것이다.

은채가 살포시 미소를 지었다. 그러고는 남아 있던 새우볶음밥을 싹싹 긁어 먹더니 빈 그릇을 들고 자리에서 일어났다. 설거지를 하겠다는 거였다.

"냅둬! 여기, 우리 집이야."

"너희 집이어도 내가 먹은 거니까 내가 씻는 게 맞지."

"야, 무슨 친구 사이에 그런 걸 따져?"

"야, 이런 걸 안 시키려고 하는 게 더 서운한 거야."

은채는 끝내 고집을 꺾지 않았다. 예림은 도리질하며 식탁 앞에 주저앉았다. 빈 그릇 하나랑 숟가락 정도는 은채가 닦아 놓아도 상관없을 것 같았다. 그런데 왜 자신의 질문에 답을 안 해 주는지는 궁금했다. 그릇을 씻어 엎어 놓고 은채는 물에 젖은 손을 마른 수건에 싹싹 닦았다.

그러고는 예림을 쳐다보았다.

"성적 조금 올려 보겠다고 이 난리를 피우는 건 아니야."

은채의 목소리는 차분했다.

"그럼 왜 그렇게 매달리는 거야?"

"전례를 남기지 않기 위해서지."

"전례?"

"앞뒤 반 선생님이 달라서 시험에서 차별을 받는 전례. 그런 게 남으면 앞으로도 선생님들은 아무런 문제의식 없이 어느 반에는 시험에서 유리하도록 설명해 주고 다른 반에서는 싹 입 닫고 있을 수도 있잖아. 이런 불공정한 사례는 남기면 안 돼!"

예림은 또박또박 이유를 대는 은채를 멍하니 쳐다보았다. 점수 몇 점, 석차 몇 등 때문에 이리저리 뛰어다니며 신경 쓰는 줄 알았는데, 예림의 착각이었다. 그러고 보니 은채는 그런 아이였다. 자기 때문이 아니라 다른 사람 때문에 싸울 줄 아는 아이. 소여초등학교에 다닐 때에도 비슷한 일이 있었다. 같은 반에서 수업을 듣던 한 친구가 불편한 일을 당했을 때, 은채는 다른 아이들을 사납게 나무라며 혼쭐을 냈다. 4학년 때 있었던 일이니까 고작 열한 살이었는데도 은채는 그랬다. 그걸 깜빡 잊어버리고 있었다.

예림이 와락 은채를 안았다.

"조은채!"

"야, 왜 그래."

은채가 켁켁거리며 소리쳤다. 목소리에는 웃음기가 다그르르했다.

예림의 기분도 활짝 피어났다. 은채랑 함께해도 좋을 것 같았다. 친구라서 무작정 따라 하는 건 아니었다. 은채의 말이 다 맞았다. 예림의 생각도 그랬다.

예림은 은채와 오랫동안 가볍게 수다를 떨었다. 학원에서 연락이 왔지만 한 번만 봐 달라고 목청껏 외쳤고, 학원 선생님은 깔깔거리며 두 배로 보강해 주겠다고 협박했다. 그래도 예림과 은채는 함께 웃었다.

이튿날 예림은 평소보다 30분 일찍 집을 나섰다. 은채의 일인 시위를 응원하기 위해서였다. 4절 스케치북을 품에 꼭 안고 걸어가는 은채의 얼굴은 발갛게 상기되어 있었다. 말은 강단 있게 잘하면서도 긴장이 되는 모양이었다. 마음 같아서는 예림도 은채 곁에서 힘이 되어 주고 싶었다. 하지만 일인 시위는 한 명만 나서서 해야 한다고 했다. 그러지 않으면 '집회 및 시위에 관한 법률'에 걸린다고 했다.

은채는 담담하게 말했다.

"잠깐 할 건데 일 복잡하게 만들고 싶지 않아."

그래도 불안한 듯 눈빛이 떨렸다.

학교에 도착하자 은채는 준비해 온 마스크를 꺼냈다. 예림은 은채의 가방을 받아 들고 몇 발짝 떨어진 곳에 섰다. 은채는 마른침을 꿀꺽 삼키더니 스케치북을 들고, 정문 앞에 서서 마스크를 썼다. 소리는 내지 않겠다는 것이었다. 시간이 조금 일러서인지 등교하는 아이들은 그리 많지 않았다. 은채는 예림과 슬쩍 눈을 맞추고 스케치북을 펼쳤다.

**담당 선생님 지도에 따라 시험 결과에
차이가 발생하는 것은 명백한 불공정입니다!**

> 3학년 국어 과목 중간고사에서 앞 반과 뒤 반 담당 선생님들의 수업 방식 때문에 12점가량 성적 차이가 생겼습니다. 선생님들의 수업 방식 때문에 학생들이 피해를 입는 것은 부당합니다.

예림과 함께 다듬고 정리해서 만든 글이 큼지막한 스케치북에 담겼다. 은채는 스케치북을 든 채 정면을 바라보았다. 아이들이 은채 앞으로 슬금슬금 모여들어 스케치북에 적힌 글을 읽고 종알종알 의견을 나누었다. 몇몇은 은채에게 말을 걸기도 했다. 하지만 마스크를 쓴 은채는 질문을 던지는 아이만 지그시 바라볼 뿐 대꾸는 하지 않았다.

등교 시간이 가까워지면서 은채 앞으로 몰려드는 아이들이 급격히 늘어났다. 학교 앞에서 마스크를 쓴 채 시위하고 있는 아이를 보는 일은 흔치 않았다. 예림 역시 처음 보는 광경이었고, 그 주인공이 하필 은채라는 게 조금은 씁쓸했다.

"우아, 한 과목에 십이 점이면 엄청 큰 거 아니에요?"

"어떤 선생님이 이런 거예요?"

1학년과 2학년 아이들은 대놓고 국어 과목 선생님들을 탓했고, 그런 일을 저지른 선생님이 누구인지를 알아내려 머리를 모았다. 3학년 아이들 반응은 다양했다. 은채에게 응원을 보내는 아이들은 대부분 앞 반 아이들이었다. 물론 같은 반 서현과 그 패거리들은 은채에게 아낌없이 조롱을 보냈다. 그래도 은채는 눈 한 번 깜빡하지 않았다. 뒤 반 아이들 몇은 대놓고 불쾌한 감정을 드러내기도 했다. 뒤 반에서 있었던 일을 앞 반까지 소문낸 아이가 누군지 찾아서 혼내 줘야겠다는 험한 말도 돌았다. 그럴 때는 은채가 일인 시위를 멈추고 교실로 들어가 주었으면 싶기도 했다. 하지만 은채는 꼿꼿했다.

출근하던 담임선생님이 화들짝 놀라 은채에게 달려왔다.

"은채야, 여기에서 뭐 하는 거야?"

곧 다른 선생님들도 다가왔다. 선생님들이 은채를 둘러싸고 은채가 들고 있는 스케치북을 가렸다.

언제 왔는지 교감 선생님이 목청을 높였다.

"학생들을 선동하고 그러면 안 돼."

"전 아무 말도 하지 않았습니다!"

은채는 조금도 주눅 들지 않았다.

"저는 있는 사실을 그대로 알렸을 뿐이에요."

은채와 선생님들 주위로 학생들이 와그르르 몰렸다. 커다란 소동이 일어날 것만 같은 분위기였다. 예림의 심장이 덜컥덜컥 뛰었다. 금방이라도 고장이 날 것 같았다.

누군가 뒤에서 소리를 질렀다.

"은채는 잘못 없어요!"

또 다른 누군가가 반박을 했다.

"일 학년, 이 학년 애들한테까지 알리는 건 인권 침해야."

교감 선생님이 주위에 있는 아이들을 둘러보며 얼른 교실로 들어가라고 소리쳤다. 그럴수록 아이들은 더 몰려드는 것 같았다.

언제 왔는지 주미현 선생님이 은채를 잡았다.

"은채야, 여기에서 이러지 말고 선생님이랑 얘기해 보자."

은채는 주미현 선생님을 빤히 쳐다보았다.

교감 선생님이 나섰다.

"그래, 교무실로 가자, 교무실로."

은채가 예림에게 눈길을 돌렸다. 어떻게 할까 묻는 것 같았다. 예림은 얼른 고개를 끄덕였다. 예림도 은채가 이쯤에서 물러섰으면 싶었다. 은채는 스케치북을 접었다. 예림은 은채에게 가방을 내밀며 은채 곁에 붙어 섰다. 교감 선생님과 주미현 선생님이 은채에게 들어가자고 하자 예림은 얼른 은채의 손을 잡았다.

은채가 예림을 보며 살포시 웃었다.

"괜찮아, 혼자 갔다 올게."

이쯤 되면 겁이 나서 떨 법도 한데 은채는 이미 예상하고 온 듯 덤덤했다. 예림은 은채의 가방을 다시 받아 들었다. 가방의 무게라도 덜어 주고 싶었다.

피곤한 세상

1교시 수업이 시작되기 전에 은채는 교실로 돌아왔다. 예림은 물론 반 아이들 눈길이 은채에게 쏠렸다. 하지만 수업은 곧장 시작되었고 은채의 말은 한 마디도 들을 수 없었다.

1교시 수업이 끝나기 무섭게 예림은 은채를 바라봤다. 은채는 단박에 미소를 지으며 답해 주었다.

"성적관리위원회 소집한대!"

주위에 있던 아이들도 은채의 말을 듣고 "와아!" 화답했다.

은채가 말을 이었다.

"성적관리위원회가 열린다는 거지, 아직 그 문제에 대해서 어떻게 해 주겠다, 이런 답변은 없어."

"그래도 그게 어디냐."

아이들 반응은 대충 이랬다. 예림도 비슷한 생각이었다. 물론 삐딱선 타는 몇몇은 은채에게 아니꼬운 시선을 보냈지만 무시해도 될 만한 수준이었다.

"일단 목적은 달성한 거지?"

예림이 물었고 은채는 고개를 끄덕였다. 그런데도 은채는 여전히 바빴다. 쉬는 시간마다 앞 반 아이들을 찾아다니며 성적관리위원회 소집 소식을 전했고, 그게 뭐냐 묻는 아이들에게는 친절하게 설명해 주었다. 마치 소여중학교 3학년의 거대한 물결이 은채를 중심으로 몰아치는 것 같았다. 그 물결에 예림도 함께할 수 있어서 다행이다 싶었다. 예림의 마음도 살짝 부풀어 올랐다.

점심시간에도 예림을 들뜨게 하는 소식이 있었다. 내일부터 급식이 원래대로 진행된다는 거였다.

급식실 앞에 큼지막하게 붙어 있는 안내문을 보고, 은채가 활짝 웃었다.

"우와, 너희 할머니가 이기셨어!"

예림도 빙시레 웃으며 안내문을 읽었다.

내일부터 점심 급식이 종전대로 진행됩니다.

전후 사정이 드러나지 않는 짧은 글이었다. 예림은 들뜨려는 기분을 꾹 눌렀다. 할머니에게 확인해 봐야 할 것 같았다.

급식실에서 크루아상 샌드위치와 요구르트를 받아 나오며 예림이 입을 열었다.

"지난달에도 파업한 적 있었잖아."

은채는 두 눈을 반짝이며 예림을 보았다. 예림은 걸음을 서둘렀다. 다행히 오늘은 뒷동산에서 점심을 먹을 수 있을 것 같았다.

"그때 엄마들 반대가 너무 심해서 일시적으로 파업을 멈춘 거였거든."

"맞다, 그랬지."

은채는 심각한 얼굴로 고개를 끄덕이다가 빨리 할머니에게 전화를 걸어 보라고 했다.

예림과 은채는 학교 뒷동산을 잰걸음으로 올랐다. 입구를 지나 평지를 쭉 걸어가다 보면 단풍나무가 한 줄로 늘어서 있는 오솔길이 나왔다. 그 앞으로 듬성듬성 나무 의자가 놓여 있었는데, 예림과 은채는 이곳을 가장 좋아했다. 볕과 바람이 적당히 들고 나기 때문이었다.

마음에 드는 곳에 자리를 잡고, 예림은 휴대 전화를 열었다. 할머니는 곧장 전화를 받았다.

예림은 바로 용건을 전했다.

"내일부터 급식 나온대요."

할머니가 깔깔대며 웃었다.

"밥 나오는 게 그렇게 좋아?"

"아니, 그게 아니라……."

급식실 조리 실무사들의 요구 사항이 받아들여진 거냐고 묻고 싶었다. 하지만 혹시나 싶어 예림은 뒷말을 삼켰다.

할머니가 웃음기를 지우고 담백하게 말했다.

"나도 학교 가서 아이들 얼굴 볼 생각하니까 좋아."

이제는 물어도 될 것 같았다.

"할머니네 요구 사항이 통과된 거예요?"

"최대한 노력해 보겠다고 했으니 믿어 봐야지."

믿어 본다는 할머니 목소리가 조금 힘없이 들렸다.

"살살 구슬리려 든 게 한두 번이 아니거든. 끝날 때까지 지켜봐야지."

예림의 입에서 얕게 한숨이 터졌다.

"후……."

끝날 때까지 지켜봐야 한다니 싸움이라는 건 참으로 피곤한 일이지 싶었다. 그래도 할머니는 호탕했다. 다시 학교에 나가 일할 수 있으니 좋다고도 했다. 일할 수 있어 좋다니, 엄마가 들으면 노발대발할 소리였지만 예림은 씩씩하게 일하는 할머니가 좋았다.

예림이 인사를 건넸다.

"오늘 일찍 주무세요."

"고맙다."

아무것도 한 게 없는데 고맙다는 말을 들으니 이상했다. 전화를 끊고 예림은 샌드위치를 한 입 크게 베어 물었다. 고소하고 짭짤했다.

오후 수업이 끝나도록 성적관리위원회와 관련해서는 별다른 소식이 없었다. 내리 바쁘게 왔다 갔다 하던 은채도 모처럼 여유롭게 하교했다.

나란히 학교 정문을 빠져나오며 은채가 말했다.

"소집한다고 하셨으니까 어떻게든 결정 나면 얘기해 주시겠지."

문제를 제기하고 여기저기 쫓아다니면서 설명하던 때와는 달리 약간은 허탈한 표정이었다. 예림은 은채를 쳐다보며 빙긋 웃었다. "잘될 거야."라고 말하고 싶었지만 어찌 될지 예림도 알 수 없었다. 말은 마음으로 삼켰다.

학교 앞 언덕배기를 내려가는데 낯선 목소리가 들렸다.

"절대 반대! 절대 반대! 절대 반대!"

아주머니 여럿이 우악스럽게 외치는 목소리였다. 누군가와 대놓고 싸우는 소리 같지는 않았다. 앞서가던 아이들도 궁금한지 빠른 걸음으로 언덕배기를 내려갔다. 예림과 은채도 걸음을 서둘렀다.

예림 엄마가 일하는 반찬 가게 사장님이자 소여3동 통장이기도 한 덕원빌라 부녀회장이 빨간색 확성기를 들고 목청을 높였다.

"문화 예술 공간으로 리모델링하겠다더니 갑자기 특수 학교가 뭐냐고요. 절대 반대!"

부녀회장 앞쪽에 서 있는 아주머니 다섯 명이 오른손을 번쩍 들어 올리며 "절대 반대!"를 따라 외쳤다. 무슨 일일까 궁금해하며 쳐다보던 예림의 눈이 왕방울만 해졌다. 다섯 명의 아주머니 사이에 엄마가 있었다.

은채도 놀란 듯 예림의 팔을 잡았다.

"야, 너희 엄마!"

예림은 걸음을 총총 옮겨 아주머니들 앞으로 다가갔다. 그리고 엄마와 눈을 맞췄다. 엄마가 무안한 듯 고개를 돌렸다. 예림은 다시 몸을 틀어 엄마의 눈길을 찾았다. 엄마가 빨리 가라는 듯 턱짓을 했다. 예림은 엄마를 중심으로 부녀회장까지 나오도록 사진을 찍었다. 그리고 예림의 가족 채팅방에 사진을 올렸다.

> 엄마 뭐 해?

> 뭐 하는 거야?

아빠도 모르는 일인 듯했다. 다른 때 같으면 누구보다 빨리 휴대 전화를 확인했을 엄마가 오늘은 휴대 전화를 집에 두고 온 양 앞에 있는 부녀회장만 뚫어져라 쳐다보았다. 이제 예림에게도 눈길을 주지 않았다.

"특수 학교 만들 건가 본데?"

은채의 눈이 반짝 빛났다.

예림은 아주머니들 뒤로 굳게 닫혀 있는 소여초등학교 정문을 바라보았다. 얼마 전 소여초등학교에서 분주하게 오가던 아저씨들이 생각났다. 그 사람들이 특수 학교 관계자였던 모양이다.

예림은 다시 엄마를 바라보았다. 엄마는 눈살을 찌푸리며 빨리 가라고 턱짓과 눈짓을 해 댔다. 예림은 은채와 함께 걸음을 돌렸다.

예림이 흐리멍덩하게 물었다.

"특수 학교가 그거지?"

은채는 다 안다는 듯 "응!" 하고 대답했다.

둘은 소여초등학교에 다닐 적에 '특수 학교'에 대해서 들은 적이 있었다. 그때 같은 반에 있었던 아이, 시선이 불안하게 흔들리면서 사람들과 눈을 못 맞추고, 그래서인지 고개를 푹 숙인 채 느릿느릿, 조금은 엉성하게 발짝을 옮기던 아이, 누군가 자신의 몸에 손을 대기라도 하면 언제 어떤 공간에서든 발작적으로 소리를 질러 대던 그 아이는 종종 '햇살반'에서 수업을 들었다. 햇살반은 학습 속도가 느린 아이들이 국어, 영어, 수학을 따로 공부하는 소여초등학교의 특수 학급이었고, 엄마들은 햇살반 아이들은 아예 특수 학교로 보내야 한다고 주장했다. 특수 학교에 다녀야 하는 아이들을 일반 학교에서 받아 주는 바람에 멀쩡한 아이들까지 힘들어진다고 툴툴대기도 했다. 하지만 예림과 은채는 엄마들 말에 동의할 수 없었다. 햇살반에서 수업 듣는 아이들 때문에 특별히 힘든 기억은 없었다.

은채가 물었다.

"수림이였나?"

"맞다, 이수림. 늘 혼자 놀던 애."

그때 수림이 때문에 은채가 같은 반 아이들이랑 바락바락 싸웠던 기억도 있다.

예림은 속으로 생각하며 피식 웃었다.

'참, 여전히 싸움꾼이군.'

집으로 돌아온 예림은 교복을 갈아입고, 냉장고를 열었다. 간식이 없었다. 학교에서 빵과 우유를 먹으면서부터 날마다 준비해 놓던 간식이었다. 있을 때는 좋은지 몰랐는데 막상 없으니 서운했다.

예림은 우유를 머그잔에 가득 담아 거실 탁자에 놓았다. 그리고 선인장꽃의 노래를 크게 틀어 놓으려 사운드어스를 여는데 현관문 소리가 들렸다.

"특수 학교를 짓는다잖아!"

엄마가 목청껏 소리를 지르며 들어왔다.

"그럼! 거기에 뭐 예술인 어쩌고 만든다더니, 갑자기!"

쩌렁쩌렁한 목소리에 불만이 가득 담겨 있었다. 통화를 하며 엄마는 냉장고에서 차가운 물을 꺼내 벌컥벌컥 마셨다. 예림은 소파에 앉아 엄마를 가만히 바라다보았다.

"그러니까. 그렇지 않아도 재개발도 안 돼, 집값도 안 올라, 답답해 죽겠구만! 응! 당연히 막아야지! 내일부터 주민들한테도 알리고 시위 규모도 키우기로 했어."

엄마의 통화는 제법 길게 이어졌다. 상대는 아무래도 아빠인 듯했다.

"지금 반찬 가게가 중요하냐고 펄펄 뛰잖아. 그러니까 같이 갔지."

반찬 가게 이야기를 끝으로 엄마는 전화를 끊고는 끙끙 앓는 소리를 하며 소파에 벌러덩 드러누웠다.

예림이 한쪽으로 비켜 앉으며 엄마에게 물었다.

"엄마도 시위해?"

할머니가 시위하는 걸 무척이나 마땅치 않아하던 엄마였다.

"할 수 없지, 뭐. 집값이 걸려 있는 문젠데."

엄마는 한쪽 팔을 눈두덩 위로 올렸다. 피곤한 모양이었다.

"할머니는 시위 끝났대."

"잘됐네."

엄마는 짧게 대꾸하고 곧장 코를 골았다.

'저렇게 피곤해할 일을 집값 때문에 굳이?'

예림은 고개를 홰홰 저으며 방으로 들어왔다. 순간 가족 채팅방에 메시지 알림이 떴다. 아빠가 '파이팅'을 외치고 있었다. 누구에게 보내는 응원일까 싶어 예림은 메시지를 올렸다.

> 갑자기 왠 파이팅?

> 너희 엄마, 시위한다잖아.

　회사에서 시위하는 사람들 때문에 죽겠다던 아빠까지 엄마를 응원하고 있었다. 엄마와 아빠에게는 특수 학교 반대 시위가 꼭 필요한 일인 모양이었다.

은채의 승리

　이튿날에도 예림은 평소보다 일찍 집을 나섰다. 중간고사 끝난 뒤로 더 부지런히 학교에 가는 것 같아 왠지 억울하다는 생각도 들었다. 그래도 은채의 편이 되어 주기로 한 이상 어쩔 수 없었다.
　은채는 조금 긴장한 듯 보였다.
　"도대체 무슨 얘기를 하려고 보자시는 걸까."
　예림이 은채에게 물었다.
　"아침에 일찍 보자는 말밖에 없었어?"
　은채는 고개를 끄덕이며 예림에게 문자 메시지를 내밀었다. 주미현 선생님이 은채에게 보낸 문자 메시지에는 오늘 아침 8시 20분에 제2교무실에서 보자는 말만 적혀 있었다. 어제저녁 6시 19분에 은채에게 온 메시지였다. 은채는 주미현 선생님의 메시지를 받고 저녁 내내 아무것도 못 했다고 했다.

"왜 그러시냐고 물어보지 그랬어?"

"물어봤지. 근데 그냥 얼굴 보고 얘기하자 그러셨어."

은채는 대답을 하고는 푸르르 입술을 털었다. 꽤나 긴장되는 모양이었다. 예림은 가만히 은채의 팔을 잡았다. 오늘은 은채를 혼자 보내지 않을 작정이었다. 은채도 예림에게 같이 가자고 했다. 교감 선생님에게 이끌려 교무실에 갈 때와는 달랐다.

분위기를 풀 겸 예림이 장난치듯 말했다.

"싸움꾼 조은채! 너답지 않게 왜 이렇게 긴장해?"

은채가 피식 웃었다.

"주미현 쌤은 당사자잖아. 내가 쫓아가서 따지기도 엄청 따졌고. 근데 따로 보자고 연락이 오니까 좀 그래……."

자기주장이 확실한 만큼 겁나는 것도 없는 줄 알았는데 의외였다. 예림은 가만가만 은채와 보폭을 맞췄다.

제2교무실에서 주미현 선생님이 환한 얼굴로 은채와 예림을 맞았다. 선생님 옆에는 뒤 반 국어를 담당하고 있는 변정인 선생님도 있었다.

제2교무실 한쪽에 있는 원탁에 앉아 주미현 선생님이 입을 열었다.

"어제 교감 선생님 이하 전체 선생님들이 모여서 회의했어. 아무래도 성적관리위원회를 소집하려면 자료도 만들어야 하고, 학부모님도 모셔야 하니까…….”

선생님 말이 끝나기도 전에 은채가 눈썹을 찡그리며 몸을 바짝 세웠다. 내내 걱정하면서 오더니 날카로운 신경은 여전했다.

변정인 선생님이 나섰다.

“성적관리위원회까지 갈 필요 없이 여러 선생님들 의견을 듣고 나랑 주미현 선생님이 합의했어. 앞 반 뒤 반 같은 문제로 시험을 보는데, 시험에 출제된 작품을 미리 노출시킨 건 분명히 잘못된 일이니까!”

변정인 선생님이 말을 마치고 주미현 선생님을 보았다. 뒷말을 주미현 선생님에게 넘기려는 듯 보였다. 은채와 예림은 주미현 선생님을 빤히 쳐다보았다.

“중간고사 국어 23번부터 25번까지 문제는 성적 산출에서 제외하기로 했어. 22번까지 채점한 다음 백 점 기준으로 다시 조정해서 성적표에 기재해 줄게.”

예림의 입에서 감탄사가 터졌다.

“오!”

은채가 이겼다. 명백하게. 은채의 입꼬리도 살포시 올라갔다.

국어 선생님들이 얘기한 내용은 조회 시간에 담임선생님 입을 통해 다시 한번 전달되었다. 아이들은 일제히 “와!” 소리를 지르고 손뼉을 치며, 은채를 쳐다보았다. 뒷자리에 앉은 서현과 그 패거리들도 이번만큼은 불퉁거리지 않았다. 서현 얼굴에는 놀란 빛이 스쳤다. 서현을 보며 예림은 은근한 쾌감을 느꼈다.

"저래 봤자 달라질 거 하나도 없을걸?"

날카롭게 쐐기를 박던 서현에게 크게 한 방 먹인 것 같았다. 당장이라도 서현에게 다가가 이것 좀 보라고, 달라지지 않았느냐고, 잘못된 것은 잘못되었다 말할 줄 알아야 한다고 소리치고 싶었다. 물론 서현에게 따지는 건 은채가 해야 했다. 예림은 은채처럼 당당할 수 없었다. 예림도 은채보다는 서현의 말이 맞다고 생각한 적도 있었으니까.

국어 과목 재채점 소식은 빠르게 퍼졌다. 2교시 수업이 끝나자 유림이 잔뜩 흥분한 얼굴로 은채를 찾아와서는 니가 뭔데 나대느냐며 호통쳤다.

"잘못된 걸 잘못되었다고 말하는 게 왜 나대는 거야?"

은채 목소리도 쨰랑쨰랑 매서웠다.

"선생님들이 알아서 하는 일에 니가 재를 뿌리면서 나선 거잖아!"

유림을 따라 나선 민희랑 또 다른 아이들이 와글와글 떠들어 댔다. 두고 볼 수 없었다. 예림과 몇몇 친구들이 은채 옆으로 바짝 붙었다.

"너희한테는 재겠지. 하지만 우리한테는 꼭 필요한 일이었어."

유림이 말끝을 길게 늘여 가며 악을 썼다.

"저것 봐. 결국 너희를 위해서 한 거잖아!"

유림 옆의 친구들이 목청을 높였다.

"너희한테 유리하게 하려고 일을 벌인 거네!"

"너희 때문에 왜 우리가 손해를 보냐고!"

예림이 나섰다.

"너네는 손해 보면 안 되고, 우리는 손해를 봐도 참아야 해?"

옆에서 친구들이 고개를 주억거렸다. 여럿이 떼를 지어 갑론을박을 벌이기에 쉬는 시간 10분은 매우 짧았다. 수업 시작종이 울리고 유림과 그 무리들은 은채를 사납게 노려보고는 자기 교실로 돌아갔다. 은채가 도리질하며 자리에 앉았다. 쉽지 않은 싸움이 이어질 것만 같았다.

점심시간에는 뒤 반 아이들 여럿이 국어 선생님을 찾아갔다는 소문이 들렸다. 중간고사 끝나고 은채가 했던 행동이랑 비슷했다. 은채는 복잡한 얼굴로 배식을 받았다. 모처럼 먹는 따끈한 밥과 국인데 제맛이 나지 않았다. 은채 옆에서 예림도 내내 불편했다.

5교시 수업이 끝나고, 담임선생님이 은채를 불러냈다. 복도에서 무엇인가를 심각하게 이야기하더니 은채의 어깨를 토닥거렸다. 선생님이 돌아가자마자 아이들은 우르르 은채 주위로 몰렸다. 하지만 곧장 6교시 수업이 시작되었다. 은채에게서는 아무런 말도 들을 수 없었다.

종례 시간에 담임선생님이 교실로 들어왔다. 아이들은 두 눈을 반짝이며 선생님에게 집중했다. 혹시라도 국어 시험 이야기가 나오지 않을까 싶어서였다. 선생님은 청소와 수행 평가 등 평소와 다를 바 없는 이야기를 전하고 종례를 마쳤다.

선생님이 막 교탁을 벗어나려는데, 서현이 큰 목소리로 물었다.

"국어 시험 점수는 어떻게 됐어요?"

선생님은 이미 조회 시간에 전달하지 않았느냐며 아무렇지 않은 얼굴을 했다. 예림은 얼른 은채를 돌아보았다. 은채도 담담한 표정이었다.

다시 서현이 물었다.

"뒤 반 애들이 뭐라고 하던데요?"

선생님은 단호하게 대답했다.

"달라진 건 없어. 선생님들이 다 같이 모여서 결정한 사항이야. 너희가 원하는 대로 이리저리 휩쓸려 다닐 사안도 아니고."

말을 마친 선생님은 출석부를 흔들며 빨리들 집으로 돌아가라고 핀잔을 줬다. 예림은 얼른 가방을 챙겨 들고 은채와 함께 교실을 나섰다.

계단을 내려가며 은채가 말했다.

"선생님들도 뒤 반 아이들이 저항할 줄 알고 있었대."

예림은 얕게 "아!" 탄성을 뱉었다. 그제야 예림은 담임선생님이 은채를 불러내어 무슨 말을 했는지 알아챌 수 있었다.

은채가 깔끔하게 마무리 지었다.

"무슨 일이든 이득을 보는 쪽이 있으면 피해를 보는 쪽도 있기 마련이니까."

은채도 선생님들처럼 뒤 반의 저항을 예상했던 것 같았다. 예림은 은채가 무척이나 어른스럽게 느껴졌다.

학교를 벗어나는데 언덕배기 아래에서 소란스러운 소리가 왕왕거리며 울렸다. 소여초등학교 앞이었다. 예림의 머릿속에 퍼뜩 엄마가 떠올랐다. 엄마가 또 소여초등학교 앞에 와 있을 것만 같았다. 예림은 은채와 함께 부리나케 언덕을 내려갔다.

"주민 의사 무시하는 구청장은 사죄하라."

"사죄하라! 사죄하라! 사죄하라!"

어제보다 훨씬 많은 사람이 소여초등학교 정문 앞에 모여 있었다. 머리에 빨간 띠를 두른 부녀회장은 마이크를 잡고, 오른손을 번쩍번쩍 들었다 내리며 소리를 질렀다. 부녀회장을 따라 목청을 높이는 아주머니들은 '특수 학교가 웬 말!', '동네 발전 가로막는 구청장은 물러나라!', '특수 학교 들어오면 집값 똥값 된다'라고 적힌 피켓을 위아래로 들었다 내렸다. 아주머니들 뒤쪽으로는 기다란 현수막이 소여초등학교 정문을 가로막고 있었는데, 거기에도 비슷한 글이 적혀 있었다. 예림은 부녀회장 앞에 모여 있는 마흔 명 남짓 되는 아주머니들을 훑었다. 아주머니들 틈에 엄마가 있었다. 그것도 매우 열정적인 모습으로.

예림이 도리질하며 중얼거렸다.

"여기저기 시끄럽지 않은 데가 없네."

옆에서 은채는 "푸우!" 한숨을 뱉었다. 예림은 힐끗 은채를 보았다. 은채는 아주머니들을 바라보며 주먹을 불끈 쥐고 있었다. 얼굴에는 불편함이 가득했다. 금방이라도 아주머니들에게 달려가 싸움을 걸 것만 같은 낯빛이었다.

예림이 은채를 잡았다.

"뭐 하려고?"

"다른 것도 아니고, 학교가 있던 자리에 학교를 들인다는데 반대하고 있잖아!"

"그래서? 가서 어른들이랑 싸우려고?"

예림은 은채를 말렸다. 은채는 짜증을 내며 뭐라고 구시렁댔다. 예림은 물끄러미 아주머니들을 보았다. 아주머니들은 목에 핏대를 세워 가며 특수 학교 반대를 외치고 있는데, 주위에는 아주머니들 말에 찬성하는 사람도, 반대하는 사람도 없어 보였다. 교복 차림의 아이들만 힐끔힐끔 아주머니들을 구경하며 걸음을 옮겼다. 교육청 앞에서 시위하던 할머니가 생각났다. 그때도 지금과 비슷했다. 누구도 관심을 갖지 않는 싸움. 그런데도 사람들은 연일 시끄럽게 싸움을 벌였다. 과연 엄마가 벌이기 시작한 싸움의 끝은 어떻게 될지 예림은 궁금해졌다.

몇 해 전, 그 아이

집 안에 청국장 냄새가 가득했다. 예림은 별로 좋아하지 않는 찌개였지만 하는 수 없었다. 청국장은 아빠가 가장 좋아하는 음식이었고, 오늘은 아빠가 집에 일찍 들어왔다. 아빠네 회사에서 열흘 가까이 진행되던 파업이 마침내 끝났다고 했다. 아빠는 젖은 머리를 수건으로 탈탈 털면서 흥얼흥얼 콧노래를 불렀다.

저녁 6시 5분 전. 원래 이 시간이면 엄마는 반찬 가게를 정리하고, 미처 팔리지 않은 반찬 몇 개를 챙겨서 퇴근했다. 하지만 반찬 가게 사장님이 '특수학교설립반대 주민위원회'를 꾸리면서 반찬 가게는 잠정 휴업 상태에 돌입했다. 엄마는 원치 않는 실업자가 되었고, 덩달아 특수학교설립반대 주민위원회 활동을 시작하게 되었다. 엄마의 선택인지는 알 수 없었다.

"아, 냄새 좋다!"

아빠가 파자마 차림으로 식탁 앞에 앉으며 벙싯거렸다. 예림은 아빠를 쳐다보며 눈살을 찌푸렸다. 식탁과 파자마는 어울리지 않는다고 몇 번을 얘기해도 아빠는 들은 체도 하지 않았다.

"엄마, 나는……."

"달걀프라이 했어."

엄마가 예림 앞으로 달걀프라이를 덤째 내어놓았다. 청국장 하는 날이면 예림은 늘 달걀프라이를 먹었다.

달걀프라이를 후루룩 삼키며 예림이 아빠에게 물었다.

"파업은 어떻게 끝난 거야?"

"잘!"

아빠는 성의 없이 답했다. 예림이 입을 삐죽거렸다.

이번에는 엄마가 물었다.

"택배 기사들 요구 사항을 전부 들어준 거야?"

"뭐, 대충!"

아빠는 청국장을 밥 위에 덜어 쓱쓱 비비기 시작했다. 파업 이야기보다는 밥이 중요한 듯 보였다. 그래도 예림은 아빠의 대답을 듣고 싶었다.

"대충이 뭐야? 요구 사항 절반 정도라도 들어준 거야?"

아빠는 청국장에 비빈 밥을 입에 가득 물고는 고개를 갸우뚱 기울였다.

"한 팔십 프로 정도?"

엄마도 청국장을 한 숟가락 떠먹으며 아빠 말에 반응했다.

"그 정도면 택배 기사들 파업하길 잘했네."

아빠가 시큰둥하게 답했다.

"그래 봤자지."

예림은 눈을 크게 뜨고 아빠를 보았다. 택배 기사의 요구 사항을 80퍼센트나 들어줬다면서 왜 "그래 봤자."라고 하는지 궁금했다.

아빠가 설명을 덧붙였다.

"한두 달쯤 지나면 다시 원래대로 돌아가겠지. 늘 그랬어."

예림은 눈썹을 찡그렸다.

"에이, 그게 뭐야?"

열흘 동안 아침저녁 할 것 없이 싸워 대면서 겨우 이루어 낸 협상인데 한두 달 지나면 다시 원점으로 돌아갈 거라니 그게 뭐 하는 짓인가 싶었다. 갑자기 할머니 말이 생각났다.

"끝날 때까지 지켜봐야지."

예림이 퉁명스레 물었다.

"원래 시위라는 게 그래?"

엄마와 아빠는 무슨 말이냐는 듯 뚱한 얼굴로 예림을 보았다.

"아무리 싸워도 힘이 없는 쪽은 결국 지게 되어 있는 게 시위냐고."

예림은 마음속에 피어난 궁금증을 차근차근 풀어서 물었다.

아빠가 답했다.

"아마도!"

"그래서 사람은 힘 있는 쪽에 붙어야 하는 거야. 아니지, 스스로 힘 있는 사람이 되어야지. 오케이?"

엄마가 목소리에 바짝 힘을 넣어 이야기했다. 그래야만 힘 있는 사람이 되는 것처럼.

예림은 소여초등학교 앞에서 오른팔을 번쩍번쩍 들어 올리던 엄마를 떠올렸다.

"엄마는 소여초등학교에 특수 학교가 들어오지 않을 거라고 생각해?"

"물론이지!"

엄마는 한 치의 망설임도 없었다. 그만큼 자신이 있는 것 같았다. 예림은 달걀프라이를 우물우물 씹으며 머리를 굴렸다.

"학교가 있던 자리에 학교를 들인다는데 반대하고 있잖아!"

소여초등학교 앞에서 시위하고 있는 어른들을 바라보며 은채가 내내 씩씩거릴 때 예림도 은채랑 비슷한 생각을 했던 것 같았다.

예림이 슬쩍 말을 흘렸다.

"그래도 학교잖아."

엄마가 눈을 크게 뜨고 예림을 보았다.

"뭐가?"

"소여초등학교에 들어온다는 거 말이야. 학교 아니야?"

엄마 목소리가 쨍하니 높아졌다.
"얘가 지금 무슨 소리를 하는 거야?"
아빠도 엄마 말에 힘을 보탰다.
"특수 학교는 일반 학교하고는 달라. 까딱하다가 나쁜 일이 벌어질 수도 있다고."
그래도 예림은 엄마와 아빠의 말을 온전히 받아들일 수 없었다. 학교는 학생이 와서 일정한 시간 동안 수업을 듣고 각자의 집으로 돌아가는 곳이다. 그런 곳이 왜 소여동에 들어오면 안 되는지, 그곳이 들어오면 왜 집값이 떨어진다는 건지 예림은 이해할 수 없었다.
"특수 학교가 어떤 아이들이 다니는 학교인지는 알고 있는 거야?"
엄마가 까칠하게 물었고, 예림은 곧장 고개를 끄덕였다. 그리고 초등학교 4학년 때 같은 반이었던 수림을 이야기했다.

수림은 때때로 굉장히 산만하고 부산스러웠으며 친구들이랑 눈을 똑바로 맞추지 못했다. 그래서 예림은 수림이 상당히 수줍음이 많은 아이인 줄 알았다. 하지만 말하는 걸 보면 딱히 그렇지도 않았다. 수림은 수업 시간, 쉬는 시간을 가리지 않고 거침없이 하고 싶은 말을 내뱉었다. 미술이나 체육 시간에는 마치 다른 반 아이인 것처럼 따로 놀았다. 다른 아이들 모두 연필 쥐고 그림 그릴 때 수림은 종이를 쭉쭉 찢으며 혼자 놀았고, 체육 시간에는 혼자서 운동장에 있는 돌을 주우러 다녔다. 그래도 선생님은 수림을 말리지 않았다. 몇몇 아이들이 불평을 늘어놓아도 선생님은 못 들은 척 넘겨 버렸다. 아이들 사이에서 불뚝불뚝 불만이 불거졌지만 선생님도 수림도 신경 쓰지 않았다. 그나마 수림이 집중하던 시간은 음악 시간이었다. 음악 시간이면 수림은 가장 먼저 음악실로 달려가 맨 앞자리를 차지했다. 번호대로 정해진 자리가 있었지만 수림은 막무가내였다. 담임선생님은 하는 수 없다며 수림이 앉은 자리를 수림의 자리로 지정해 줬다. 수림은 선생님이 두드리는 피아노에 유독 관심을 보였고, 툭하면 피아노 앞으로 나가 선생님의 연주를 뚫어져라 쳐다보았다. 가끔씩은 선생님에게 조금만 더 연주를 해 달라고 조르기도 했다. 그때마다 선생님은 매우 난감한 표정을 지었고, 아이들은 수림을 보며 곧잘 키득거렸다.

 시간이 지나면서 몇몇 아이들은 수림을 대놓고 괴롭히거나 따돌렸다. 아이들의 그런 짓거리가 열한 살 예림에게도 훤히 보였다. 보기에 불편했지만 예림은 그냥 못 본 체 넘겼다. 하지만 은채는 달랐다. 은채는 장난인 척 수림을 괴롭히는 아이들을 보면 주먹 쥐고 달려가 그러지 말라고 당당하게 외쳤다. 그러면 수림은 두 귀를 두드리며 빽빽 소리를 질러 댔다. 은채가 자기를 도와준 줄도 모르고, 은채의 고함에만 반응을 하는 거였다. 수림을 괴롭히던 아이들은 기가 살아서 펄펄 뛰었고, 은채는 수림을 안타깝게 쳐다보며 한숨을 내쉬었다. 그때에도 예림은 은채를 말렸다. 어차피 수림은 은채에게 신경도 쓰지 않을 거라고, 그러니까 공연히 힘 빼지 말라고, 예림은 살살 은채를 다독였다.

엄마가 가볍게 말을 뱉었다.
"맞네. 그런 애들, 그런 애들이 다니는 학교야."
예림이 엄마에게 물었다.
"그런 애들이 어떤 애들인데?"
엄마가 눈을 하얗게 치뜨며 예림을 보았다.
"아니, 얘가 다 알면서 왜 이래?"
"잘 모르겠으니까 그러지."
예림이 입을 삐죽이며 밥알을 깨작거렸다. 예림의 기억에 수림은 조금 느리고 다른 아이들과 어우러지지 못할 뿐 경계해야 할 만큼 위험한 아이는 아니었다.
엄마가 한숨을 푹 내쉬며 예림을 보았다.
"그때 수림이 때문에 너희 반에 난리 났던 것 기억 안 나?"
'아, 그날.'
예림은 그날을 똑똑히 기억했다.

갑작스럽게 기온이 뚝 떨어져 한파 주의보가 내려진 날이었다. 그날 4교시는 별관에 있는 음악실에서 진행되는 음악 시간이었다.

그런데 음악실 난방기를 점검해야 한다면서 5교시 수업인 수학과 맞바꾸게 되었다.

예림네 반 아이들은 교실에서 수학 수업을 듣고, 급식실에서 점심 먹고, 뿔뿔이 흩어져 점심시간을 보낸 다음 음악실에 갈 채비를 하러 교실로 돌아왔다. 그런데 6학년 언니가 하얗게 질린 얼굴로 예림네 반을 찾아와 담임선생님을 불렀다. 선생님은 6학년 언니 이야기를 듣더니 놀란 얼굴로 다급하게 교실을 빠져나갔다. 무슨 일인가 싶어 예림을 비롯한 반 아이들 대부분이 선생님을 뒤쫓았다. 선생님이 헐레벌떡 달려간 곳은 음악실이었고, 그곳에는 피투성이 수림이 있었다. 선생님을 쫓아온 아이들은 놀라서 비명을 질러 댔고, 선생님은 곧장 응급차를 불러 수림을 데리고 병원으로 갔다.

"그땐 시간표 바뀐 걸 수림이가 몰랐던 거라니까."

"그러니까 문제지. 남들 다 알아서 챙기는 걸 그런 애들은 못 챙기잖아!"

엄마는 계속해서 '그런 애들'이라고 싸잡아 이야기했다. 불쾌하고 불편한 기운이 가득 담긴 말투였다.

"그때는 선생님이 잘못한 거라고 했어."

수업 시간표가 바뀐 걸 선생님은 수림에게 제대로 전달하지 못했다. 그리고 햇살반 담당 선생님에게도 알리지 않았다. 그런 상황에서 곧장 4교시 수업이 시작되었고, 예림네 반 아이들은 수림이 당연히 햇살반에 있을 거라고 생각했다. 점심시간에도 수림이 보이지 않았지만 햇살반에서 돌봄 선생님이랑 먹고 있나 보다 생각했다. 아니 정확하게는 수림 생각은 눈곱만큼도 하지 않았다. 모두 각자의 시간을 보내고 있는 동안 수림은 난방기 점검이 끝난 음악실에 홀로 들어가 선생님과 아이들을 기다렸다. 아무도 오지 않는 음악실에서 점심시간까지 홀로 버티다가 밖으로 나오려는데 음악실 문이 잠겨 있었다. 극도로 불안을 느낀 수림이 음악실에 있던 의자와 각종 기물을 유리창 밖으로 내던지며 필사의 탈출을 감행하다가 여기저기 상처를 입은 것이었다.

예림은 피범벅이 되어 음악실 앞에 쓰러져 있던 수림을 기억하고 얼굴을 찌푸렸다. 다시 생각해도 그날의 수림은 안쓰러웠다.

하지만 엄마는 달랐다.

"그렇게 위험한 애들이 한두 명도 아니고 수백 명씩 이 동네 학교에 다닌다고 생각해 봐. 어떤 사람이 이 동네로 이사 오겠다고 하겠어?"

아빠도 엄마 말에 동의하듯 고개를 주억거렸다.

예림은 곰곰이 엄마의 말을 곱씹어 보았다.

'수림이 같은 아이들 수백 명이 모여서 함께 공부한다. 가능할까?'

문득 그런 생각이 들었다.

'어쩌면 엄마 아빠의 말이 맞을지도 몰라. 그런데 특수 학교가 세워지지 않는다면 수림이 같은 아이들은 어디에서 어떻게 공부를 하지?'

그날, 그 사건 이후로 수림은 소여초등학교를 떠났다. 그리고 그때 아이들 사이에서 특수 학교 이야기가 떠돌았던 것 같다. 하지만 그때 잠깐이었다. 같은 반에서 함께 수업을 받았던 수림은 금세 잊혀졌다.

'그때 수림은 특수 학교로 갔을까?'

지금까지 한 번도 궁금해하지 않았던 질문이 예림의 머릿속을 휘젓고 다녔다.

사라진 빛

　복닥거리는 하루를 마치고 예림은 방으로 들어왔다. 방에는 어둠이 옅게 스며 있었다. 예림은 불을 켜지 않은 채 침대에 올라앉았다. 그리고 연둣빛 커튼이 드리워진 창문을 바라보다가 휴대 전화를 들었다.

　습관처럼 사운드어스에 접속하고, 마이뮤직을 열어 첫 곡부터 재생하기 버튼을 눌렀다. 전부터 익숙하게 들어오던 음악이 귓속에 착 감겼다. 눈 감고 까딱까딱 음악을 음미하다가 예림은 눈을 반짝 떴다. 예림의 마이뮤직 플레이리스트 첫 곡은 '소여동의 빛'인데 이전에 자주 듣던 'open eyes'가 첫 곡으로 나왔기 때문이다.

　예림은 방에 불을 켜고, 마이뮤직 페이지를 확인했다. 플레이리스트 상단에 있어야 할 '소여동의 빛'이 보이지 않았다. 예림은 몸을 곧추세우고, 선인장꽃의 홈을 열었다. 선인장꽃 홈에도 '소여동의 빛'은 없었다. 사라진 거였다.

'왜지? 뭐지?'

예림은 사운드어스 홈으로 들어가 검색창에 '소여동의 빛'을 넣었다. 선인장꽃의 방명록에 예림이 썼던 글만 검색에 걸렸다. 선인장꽃이 올렸던 노래 '소여동의 빛'은 완전히 자취를 감춰 버렸다.

예림은 휴대 전화를 빤히 내려다보았다. 갑자기 해야 할 일을 잃어버린 것처럼 멍해졌다.

'왜 '소여동의 빛'이 사라졌을까.'

같은 생각만 내리 머릿속을 떠다녔다. 궁금해서 참을 수가 없었다. 예림은 선인장꽃의 방명록을 열었다. 선인장꽃과 연락할 수 있는 창구는 방명록 하나였다.

오늘 하루를 마감하며 선인장꽃의 노래를 들으려고 했는데요. 갑자기 '소여동의 빛'이 사라졌어요. 노래에 무슨 문제라도 생겼나요? 다시 손질해서 올려 주실 건가요? 너무 궁금해서 아무것도 못하겠어요.

방명록에 글을 등록하고, 예림은 침대에서 내려왔다. 어차피 선인장꽃의 답장은 금방 오지 않을 것이다. 선인장꽃은 늘 달팽이처럼 느릿느릿 대꾸했다. 아니 대꾸 없을 때가 더 많았다. 그러니 기대도 하지 말아야 했다.

예림은 은채에게 문자 메시지를 보냈다.

> 선인장꽃 최신 곡이 사라졌어.

은채에게서 곧장 반응이 왔다.

> 사라지다니?

예림은 은채와 사라진 '소여동의 빛'에 대해 이러쿵저러쿵 이야기를 나눴다. 하지만 답은 알아낼 수 없었다. 대화를 나누다가 예림은 슬쩍 수림의 이야기를 건넸다.

> 진짜 한 번도 수림이 생각은 못 해 봤다

그때 은채는 수림에게 꽤나 관심을 기울였었는데 수림이 학교를 옮긴 뒤로는 까맣게 잊어버린 것이다. 어쩔 수 없는 일이었다.
 문밖에서 엄마와 아빠가 잠잘 채비 하는 소리가 들렸다. 어느새 잠자리에 들 시간이었다. 예림은 은채와 인사를 나누고, 잠옷으로 갈아입었다.

침대에 누워 예림은 또 사운드어스로 들어갔다. 마이뮤직에는 여전히 '소여동의 빛'이 보이지 않았다. 하는 수 없었다. 예림은 '소여동의 빛'이 빠진 플레이리스트 재생 버튼을 누르고 선인장꽃 홈으로 들어갔다. 방명록에 빨간 점이 붙어 있었다. 혹시나 싶어 예림은 방명록을 클릭했다. 예림의 글 아래 새 글이 올라와 있었다.

소여동의 빛은 사라졌습니다.

선인장꽃이 쓴 글이었지만, 예림이 던진 질문에 답을 준 것은 아니었다. 이미 예림이 알고 있는 사실을 적었을 뿐이었다. 예림은 답을 듣고 싶었다. 어떻게 하면 답을 들을 수 있을까 고민하며 손톱 끝을 깨무는데, 메시지가 왔다. 선인장꽃이 보낸 것이었다.

소여동 살아요?

짧은 물음. 예림은 곧장 답을 했다.

네.

잠시 뒤 다시 메시지가 왔다.

> 소여초등학교

마음이 급했는지 짧은 글에 오타가 있었다. 예림은 휴대 전화를 빤히 바라보며 다음 말을 기다렸다.

> 거기에 특수 학교 짓는대요.

선인장꽃이 특수 학교 소식을 알고 있었다.

> 맞아요! 그런데 어떻게 될지 알 수 없어요!

선인장꽃이 물음을 던졌다.

> 어떻게 생각해요?

예림의 머릿속에 엄마와 아빠가 했던 말, 그리고 은채가 했던 말들이 둥둥 떠다녔다. 아직 예림의 생각은 없었다. 그리고 선인장꽃이 무엇을 궁금해하는지도 알 수 없었다. 일단 있는 사실을 전해 주는 편이 좋겠다는 판단이 들었다.

> 지금 특수 학교 짓지 말라고 동네 어른들이 시위를 하고 있어요.

> 그러니까요.

선인장꽃도 알고 있는 모양이었다. 어떻게 알았는지 예림은 궁금했다. 하지만 선인장꽃이 원하는 것은 예림의 질문이 아니었다. 예림은 휴대 전화를 잡고 곰곰 생각을 되짚었다. 일단은 소여동 어른들이 왜 시위를 하는지 알려 줘야 할 것 같았다.

> 특수 학교는 장애인이 다니는 학교예요.

선인장꽃은 반응이 없었다. 예림이 말을 이어야 할 것 같았다.

> 소여동은 오래된 동네라 길이 넓지도 않고 언덕이 많아서 장애인이 다니기에는 어려움이 많을 거래요.

예림은 아빠에게서 주워들은 말을 선인장꽃에게 전했다. 그래도 선인장꽃은 잠잠했다. 무슨 말을 할까 예림은 또 고민했다.

> 제 친구는요...

은채의 말을 선인장꽃에게 전하려는 순간, 선인장꽃이 물었다.

> 은빛 생각은요?

>> 저는 잘 모르겠어요. 엄마 아빠 말 들으면 그게 맞는 것 같고 친구 말 들으면 또 그게 맞는 것 같고.

> 엄마 아빠가 반대하는 거죠?

>> 네.

예림은 선인장꽃의 대꾸를 기다렸다. 무엇인가 선인장꽃이 하고 싶은 말이 있는 것 같았다.

선인장꽃이 물었다.

> 왜 반대해요?

>> 장애인이 다니는 학교라서요. 오래된 동네에 그런 학교까지 들어오면 땅값이 오르지 않는대요.

이번에는 엄마에게서 들은 말을 적었다. 선인장꽃은 또 답이 없었다. 이제 은채가 했던 말을 건네야겠다는 생각이 들었다. 은채는 어쨌든 학교인데, 들어오지 못하게 막는 것은 어른들의 이기심이라고 지적했다. 그 말도 예림은 맞다고 생각했다.

> 땅값이 중요해?

선인장꽃의 질문이 다시 날아왔다. 이번에는 말끝이 짧았다. 살짝 당황스러웠다.

선인장꽃이 다시 질문했다.

> 땅값 중요한가요?

예림은 땅값 문제는 어른들에게 중요한 것 같다고 대답하려고 했다. 그런데 그새 선인장꽃으로부터 또 메시지가 왔다.

> 당신도 소여동 사람이군요.

선인장꽃은 화가 난 것 같았다. 짧은 글에서 느껴지는 분위기가 그랬다. 어떻게 반응해야 하나 싶어 머뭇거리는데 갑자기 팝업이 떴다.

선인장꽃님이 은빛님을 차단했습니다

예림은 무슨 일인가 싶어 팝업창을 클릭했다. 팝업창은 금세 사라지고, 선인장꽃의 홈이 닫혔다. 선인장꽃이 예림을 차단한 게 맞았다.

"허얼!"

이게 뭔가 싶었다. 아무리 생각해도 예림이 잘못한 건 없는 것 같았다. 아니 잘못한 건 없었다. 선인장꽃 혼자 일방적으로 몰아붙이다가 예림을 차단해 버렸다. 따지고 싶은데 그럴 수가 없었다. 상대방에게 차단된 상태에서는 할 수 있는 게 아무것도 없었다.

예림은 침대에서 발딱 일어났다. 선인장꽃과 나눴던 메시지라도 되짚어 보고 싶은데 그조차 확인이 불가능했다. 속이 부글부글 끓었다.

'분명히 팬이라고 했는데, 팬을 이따위로 대우하는 사람이라니.'

그동안 선인장꽃에게 단단히 속은 느낌이 들었다. 마이뮤직에는 아직 선인장꽃의 노래가 일곱 곡이나 담겨 있었다. 싹 지워 버릴까 싶었다. 마음이 딱 그랬다.

마음의 길

 국어 성적이 새로 나왔다. 이전에 틀렸던 세 문제를 제하고, 100점 기준으로 재채점된 점수라 이전보다 점수가 조금 더 높아졌다. 뒤 반의 국어 성적도 조정된 덕에 국어 과목 석차도 조금 올랐다.
 앞 반 아이들은 국어 선생님의 결정을 열렬히 환영했다. 뒤 반 아이들은 달랐다. 몇몇은 은채를 찾아와 따졌고, 다수의 아이들은 국어 선생님을 쫓아가 문제를 제기한다고도 했다. 하지만 이미 결정 나서 처리된 일을 뒤집을 수는 없었다.
 국어 시간이 끝나고 예림은 은채의 손을 덥석 잡았다.
 "조은채, 고마워!"
 다른 아이들도 은채에게 고맙다는 인사를 건넸다. 서현은 별다른 반응을 보이지 않았다. 그래도 전처럼 입을 삐죽거리거나 비아냥거리지 않았다. 서현도 속으로는 은채에게 고마워할 거였다. 예림 생각에는 그랬다.

은채가 수줍게 말했다.

"너희가 함께 나서 준 덕분이야."

예림은 고개를 저었다.

"네가 나서지 않았으면 우리도 못 했을 거야."

예림의 말에 선영이 공감했다.

"맞아! 앞에 나서는 일이 쉬운 게 아니잖아!"

옆에 있는 아이들도 고개를 끄덕이며 은채를 보았다. 은채가 생긋 웃었다. 무거운 기운을 털어 내는 가벼운 웃음이었다.

점심시간에 예림은 은채에게 선인장꽃 이야기를 꺼냈다. 밤새 이리저리 몸을 뒤척이며 선인장꽃과의 대화를 짚어 보았지만 선인장꽃이 어느 지점에서 불쑥 화가 솟았는지 파악하기 어려웠다. 은채라면 가늠해 줄 수 있지 않을까 싶었다. 은채는 선인장꽃과 나눈 메시지를 볼 수 있냐고 물었다.

"아예 차단시켜 버려서 아무것도 볼 수 없어."

예림은 선인장꽃 홈에 아예 접근할 수 없었다. 은채는 고개를 갸우뚱거리며 입을 오물거렸다. 무엇인가 진지하게 고민할 때 나오는 버릇이었다.

은채가 물었다.

"선인장꽃이 아픈가?"

예림은 눈썹을 찡그리며 은채를 보았다. 은채가 조금 더 설명해 주었으면 싶었다.

"선인장꽃이 소여동에 와서 살 수도 있다고 했잖아."

은채 말에 예림은 고개를 끄덕였다.

"그게 특수 학교랑 관련 있었던 거 아닐까?"

"선인장꽃이 특수 학교에 다닐 예정이었단 말이야?"

"어쩌면!"

예림은 수림을 떠올렸다.

'선인장꽃이 수림과 같은 증상을 보이는 아이라고……? 그럴 리가.'

"너도 선인장꽃이 만들고 부른 노래 들어 봤잖아. 특수 학교에 다니는 아이가 그런 노래를 만들고 부를 수 있을 것 같아?"

은채는 곧장 대답했다.

"못 할 것도 없지!"

너무나 당연하다는 투여서 예림은 살짝 기분이 상했다. 예림은 선인장꽃이 만든 노래를 좋아했다. 그런데 선인장꽃이 특수 학교에 다녀야 하는 사람일 수 있다니! 예림은 상상조차 하지 못했던 일이다.

은채가 예림을 힐끗 쳐다보더니 은근슬쩍 말을 돌렸다.

"물론 아닐 수도 있지……."

예림이 씩씩거리고 있는 걸 알아챈 모양이었다.

은채가 툭 말을 던졌다.

"사회 문제에 관심이 많은가?"

예림은 빤히 은채를 보았다.

"타인의 아픔에 공감을 잘하는 사람이라면, 그럴 수 있잖아. 어쨌든 특수 학교는 몸과 마음이 조금 느린 사람들을 위해서라도 꼭 있어야 하는 기관인데 그걸 이 동네 사람들이 반대하고 나섰다니까 화가 난 것 아닐까?"

듣고 보니 그럴 수 있을 것 같았다. 선인장꽃은 소여동에 와서 살겠다고 할 만큼 소여동을 아끼는 사람이었다. 그런데 소여동에서 어른들이 들고 일어나 시위를 벌인다고 하니 마음이 쓰였을 것이다. 특히나 어른들이 벌이는 시위의 대상은 특수 학교에 다녀야 하는 사람들이었다.

'마음이 아팠겠구나. 그런 줄도 모르고 어른들이 특수 학교를 왜 반대하는지 구구절절 읊고 있었으니.'

예림은 스스로가 한심했다. 선인장꽃의 홈이 열리면 당장 사과부터 해야지 마음먹었다. 과연 선인장꽃이 자신에게 홈을 열어 줄까. 그것이 문제였다. 한숨이 길게 터졌다. 어쨌든 머릿속을 어지럽히던 숙제가 말끔하게 해결되었다.

'진즉에 은채랑 이야기해 볼 것을.'

예림은 은채가 단짝이라 마음이 놓였다. 언제든 믿고 의지할 수 있을 것 같았다. 점심시간을 마치는 종이 울렸다. 예림은 은채 손을 꼭 잡고 교실로 향했다. 오후 수업이 지루하게 이어졌다.

일과를 마치고, 예림은 은채와 함께 학교를 나섰다. 그러기가 무섭게 언덕배기 아래에서 둥둥 북소리가 울렸다. 소여초등학교 앞에서 또 시위가 벌어지고 있는 모양이었다.

예림은 삐죽 짜증이 났다.

"진짜 왜들 저러는 거야?"

낮에 은채와 나누었던 말이 떠올랐다. 당장 그만두라고 소리라도 지를까 싶었다.

은채가 예림을 보며 눈을 반짝였다.

"한번 해 봐!"

은채가 생글거리며 말했다.

"네가 옳다고 생각한다면, 앞장서야지. 안 그래?"

예림의 가슴에 화르르 타올랐던 불꽃이 피시식 꺼져 버렸다. 사람들 앞에 나선다고 생각하니 덜컥 겁이 났다.

"난 사람들 앞에 나서는 건 못할 것 같아!"

은채가 응원인 듯 아닌 듯 애매한 말로 예림을 부추겼다.

"누구에게나 처음은 있는 법이야. 처음이 어렵지 한 번 두 번 해 보면 그것도 할 만하다?"

예림은 아랫입술을 잘근거리며 걸음을 옮겼다.

'한번 해 볼까. 선인장꽃을 생각하면 한번 나서 보는 것도 괜찮지 않을까.'

이런저런 생각을 하며 걸음을 옮기다가 예림은 우뚝 자리에 멈춰 섰다. 소여초등학교 앞에는 며칠 전보다 훨씬 많은 사람들이 모여 있었다.

"오, 웬일이지?"

은채뿐 아니라 그 시각, 소여중학교를 나서던 아이들 대부분이 걸음을 멈춘 채 소여초등학교를 바라보았다.

손목에 빨간 띠를 두른 특수학교설립반대 주민위원회 주민들이 백여 명쯤 소여초등학교 정문을 가로막은 채 서 있었고, 그 앞에는 어른 키만 한 스피커도 놓여 있었다. 마이크를 쥐고 있는 부녀회장을 비롯, 스피커 앞쪽으로도 아주머니 대여섯 명이 피켓을 들고 서 있었고, 주위에는 특수 학교 설립 반대를 외치는 현수막이 다섯 개쯤 둘러 있었다. 현수막 뒤쪽으로도 스무 명 남짓한 아주머니들이 서 있었는데, 그들의 손목에는 빨간 띠가 없었다. 그리고 낯설었다. 소여동에 사는 사람들이 아닌 듯 보였다.

"그렇지 않아도 소여동은 개발이 더딘 동네예요. 그것 때문에 우리가 얼마나 스트레스를 받는지 알기나 해요?"

부녀회장이 마이크를 쥔 채 빽빽거렸다. 상대는 현수막 뒤쪽에 서 있는 낯선 아주머니들이었다.

"가뜩이나 살기 어려운 동네에다가 왜 똥을 뿌리려고 해요?"

특수학교설립반대 주민위원회 주민들이 저마다 목청을 높였다.

"주민 의사 무시하는 특수 학교 결사반대!"

부녀회장이 소리를 지르자 현수막 안쪽에 있는 주민들이 큰 소리로 "결사반대!"를 따라 외치고 "우우." 함성도 질렀다.

현수막 뒤쪽에 있던 아주머니가 큰 소리로 물었다.

"그럼 우리 아이들은 어디에서 공부해요?"

부녀회장이 목청을 높이며 대꾸했다.

"다른 동네에 지으라고요. 우리가 짓지 말라는 것도 아니잖아요!"

은채가 나지막한 소리로 물었다.

"누구지?"

예림도 현수막 뒤에 있던 사람들이 궁금하던 참이었다. 아이들 사이에서도 웅성거림이 번졌다.

현수막 뒤에 있던 사람이 사정하듯 말했다.

"저희가 최대한 알아보고 찾아낸 곳이에요."

그래도 소여동 주민들은 막무가내였다. 부녀회장은 마이크를 쥔 채 "결사반대!"를 죽어라 외쳐 댔다. 그만큼 소여동 주민들의 박수와 응원이 넘쳤다.

소여중학교에서 교감 선생님과 몇몇 선생님들이 나왔다. 그러고는 소여초등학교 앞에 모여 있는 학생들에게 그만 집으로 돌아가라며 손을 내저었다. 아이들이 느린 걸음으로 움직이기 시작했다. 그래도 눈길은 소여초등학교 앞에 머물렀다. 예림과 은채도 소여초등학교를 흘끔거리며 아이들 뒤를 따랐다.

그때였다.

"우리 아이들을 받아 주세요!"

현수막 뒤에 서 있던 아주머니가 소여동 주민 앞에 무릎을 꿇었다.

소여중학교 아이들은 걸음을 멈추고, 소여초등학교를 바라보았다. 예림과 은채도 그랬고, 학생들을 귀가시키기 위해 나왔던 선생님들의 눈길도 소여초등학교로 향했다.

또 다른 아주머니가 무릎을 꿇으며 큰 소리로 말했다.

"우리 아이들은 범죄자가 아닙니다. 우리 아이들에게도 공부할 권리를 주세요."

무릎 꿇은 아주머니들은 눈물을 흘리기 시작했다.

주위에서 아이들이 속닥거렸다.

"저기 다녀야 하는 아이들 엄마들인가 봐!"

예림도 같은 생각을 하고 있던 참이었다.

"진짜 왜들 이러세요?"

스피커 앞쪽에 줄줄이 서 있던 소여동 주민들이 무릎 꿇고 앉은 아주머니들을 잡아 일으키려 들었다. 무릎을 꿇은 아주머니들은 완강히 버티었다.

소여초등학교 앞에 모여 선 소여동 주민의 무리에서 낯선 목소리가 솟았다.

"이러는 우리는 뭐 마냥 좋은 줄 아냐고요!"

동시에 현수막 뒤쪽에 있던 아주머니들이 한 발짝씩 앞으로 나와 무릎 꿇은 아주머니들을 잡았다.

아주머니들이 눈물을 흘리며 소리를 높였다.

"제발 허락해 주세요."

"저희가 더 조심해서 다닐게요."

하지만 소여동 주민들도 만만치 않았다.

"왜 이렇게 남의 동네를 시끄럽게 만드는 거예요?"

"우리도 좀 살려 주세요!"

소여동 주민들이 무릎 꿇은 아주머니들에게로 우르르 몰려갔다. 어떻게 해서든 무릎 꿇은 아주머니들을 일으켜 세워 쫓아내려는 듯 보였다. 그중에는 예림 엄마도 있었다. 예림의 얼굴이 단박에 일그러졌다. 감전이라도 된 듯한 느낌이었다.

소여중학교 선생님들이 다급하게 말을 뱉으며 팔을 크게 내저었다.

"그만들 집에 가라, 어서!"

그래도 아이들은 자리를 지키고 선 채 소여초등학교 앞에서 벌어지고 있는 소동을 쳐다보았다. 그중에 몇은 휴대 전화를 꺼내 촬영했다. 은채도 휴대 전화를 꺼냈다.

교감 선생님 목소리가 높아졌다.

"빨리들 집에 가! 카메라 끄고! 어서!"

선생님들은 아이들을 쫓아다니며 휴대 전화 카메라를 가렸다.

은채가 목청을 높였다.

"선생님, 이건 우리 동네 일이기도 해요!"

교감 선생님이 단호한 얼굴로 은채 앞에 섰다.

"조은채, 이번에는 제발 나서지 마라. 이건 어른들 일이야."

은채는 더 이상 촬영할 수 없었다. 소여중학교에서 더 많은 선생님이 소여초등학교 앞으로 나왔다. 그러고는 그곳에 모여 있는 아이들을 흐트러뜨리느라 기를 썼다. 아이들은 주춤거리며 소여초등학교 앞을 지났다.

"말도 안 돼! 어른들 일이라니, 학교를 만드는 게 어째서 어른들만의 일이야? 학교를 짓겠다는데 그렇게까지 반대할 일이야?"

선생님과 아이들에게 떠밀려 소여초등학교를 벗어난 은채가 발을 쿵쿵 굴렀다. 억울하고 속이 상해서 견딜 수 없다는 얼굴이었다. 예림은 멍한 채로 뚜벅뚜벅 걸음만 옮겼다.

은채가 예림의 팔을 잡아당기며 목청을 높였다.

"너도 아까 그 아주머니 말 들었지?"

예림은 멀뚱멀뚱 은채를 보았다.

"공부할 권리를 달라잖아!"

은채는 불뚝 차오른 화를 가라앉히지 못했다.

"공부할 권리는 누구나 공평하게 가져야 하는 것 아니야? 그걸 얻으려고 저렇게 사정해야 하는 거냐고?"

은채는 눈물을 뚝 흘렸다.

예림은 답답했다. 머릿속이 뒤죽박죽으로 엉켜 있는 느낌이었다. 무엇보다 무릎 꿇고 눈물을 흘리는 아주머니에게로 매섭게 달려들던 엄마의 얼굴이 예림에게는 충격이었다. 억척스럽게 아주머니들을 잡아끌던 엄마는 낯선 도시에 사는 타인 같았다. 도저히 예림, 자신의 엄마 같지가 않았다.

불씨

 예림은 멍하니 앉아 집 안을 둘러보았다. 텅 빈 집 안에서 으르렁거리던 사람들의 악다구니가 울울하게 번지는 듯했다. 거기에 은채의 눈물도 끼어들었다.
 '나는 왜 이러고 있지?'
 사람들 사이에 섞여 있으면서도 외따로 떨어져 있는 느낌이 들었다.
 '무엇 때문일까.'
 머릿속에 엄마의 얼굴이 번들거렸다. 엄마는 특수 학교 설립을 결사반대하고 있다. 아빠는 그런 엄마를 응원하고 있다. 그런데 예림은……. 엄마의 억센 얼굴보다 은채의 눈물이 예림의 마음을 흔들었다. 그리고 머리를 조아리고 무릎 꿇은 채 읍소하던 아주머니들과 어렸을 적 만났던 수림까지…….

"학교를 짓겠다는데 그렇게까지 반대할 일이야?"

또랑또랑한 은채의 말이 예림의 가슴을 때렸다. 아무리 다르게 생각하려고 해도, 은채의 말이 백번 옳았다. 엄마와 아빠 때문에 예림의 가슴에 빗장을 걸 수 없었다.

예림은 휴대 전화로 가족 채팅방을 열었다.

> 내가 아프면

> 딸 아파?

아빠의 반응은 늘 빨랐다. 예림은 도리질하는 이모티콘을 보내고 다시 메시지를 썼다.

> 만약에 내가 특수 학교에 다녀야 하는 상황의 아이라면

> 우리 딸이 왜?

예림은 허리에 손을 얹고 씩씩거리는 이모티콘과 함께 짧은 글을 보냈다.

> 만약이라고 썼잖아! 만약에. 조건부, 몰라?

아빠는 곧장 끄덕이는 아저씨 얼굴을 보냈다.

> 내가 만약 그런 상황이라면 엄마랑 아빠는 어떻게 할 거야?

엄마가 메시지를 보냈다. 소여초등학교 앞에서 벌이던 시위가 끝난 모양이었다.

> 너, 갑자기 왜 이래?

> 내가 말도 행동도 느려. 일반 학교에서 수업을 듣기에는 무리가 있어. 그러면 어떻게 할 거야?

예림이 메시지를 보내기 무섭게 전화벨이 울렸다. 그리고 득달같이 엄마의 목소리가 치솟았다.

"갑자기 그딴 소리는 왜 하는 거야?"

"……."

"김예림! 너 아까 그 시위 때문에 이러는 거면……."

"나는 엄마가 그 시위대에서 빠졌으면 좋겠어!"

예림이 속말을 뱉었다. 할 말을 잃은 듯 엄마는 잠자코 있었다.

"특수 학교에 다녀야 하는 사람들이 나쁜 짓을 해서 그렇게 된 게 아니잖아. 그 사람들이 원해서 그렇게 된 것도 아니잖아."

예림의 목울대에 물기가 올랐다. 갑자기 울컥 복받쳐 오르는 감정에 예림도 당황스러웠다.

"잠깐 기다려."

엄마가 차갑게 말을 뱉고 전화를 끊었다. 예림은 쿠션을 끌어안고 소리 내어 엉엉 울었다. 머리를 조아리고 있던 아주머니들과 씩씩대며 억울한 듯 눈물을 떨구던 은채가 떠올랐다. 예림도 그때 울었어야 했다. 그랬으면 가슴이 이렇게 답답하지 않았을 거였다.

혼자서 한참을 울다가 욕실로 들어갔다. 거울에 코끝이 빨간 예림이 있었다. 울고 났더니 한결 개운했다. 머릿속도 맑아진 것 같았다. 예림은 찬물로 세수를 하고 거실로 나왔다. 잠깐만 기다리라더니 엄마는 20분이 지나도록 들어오지 않았다.

엄마 뭐 해?

회의 중

예림은 훅 한숨을 내쉬었다. 지금 이 시간에 하는 회의라면 특수학교설립반대 주민위원회의 회의일 거였다. 엄마는, 시위대에서 빠졌으면 좋겠다는 예림의 말을 귓등으로도 듣지 않았다. 다시 마음속에 먹구름이 끼려 했다. 예림은 머리를 흔들고 사운드어스에 들어갔다. 음악이라도 크게 틀어 놓을까 싶어서였다. 그런데 사운드어스 첫 화면에 '선인장꽃'의 글이 올라와 있었다.

'소여동의 빛'에 관심을 가져 준 회원들에게

'소여동의 빛'을 나의 홈페이지에서 내리고 난 뒤 문의 글을 준 사람이 참 많았다. 고맙지만 내가 왜 '소여동의 빛'을 썼고 내렸는지 그 이유를 밝히는 게 좋을 것 같아서 글을 쓴다.

나는 선천적 발달 장애를 앓고 있다. 어렸을 때는 나도 부모님도 몰랐다. 부모님은 내가 다른 아이들보다 조금 늦은가 보다 생각했다고 한다. 그만큼 선천적 발달 장애는 보통 사람들이랑 눈에 띄게 다르지 않다. 말과 행동이 조금 느리고 다른 사람이랑 눈을 맞추지 못하고 제대로 소통하지 못하는 정도. 물론 사람에 따라 너무나 많은 증상이 있기 때문에 단적으로 이렇다고 말하기는 어렵지만 아무튼 나는 선천적 발달 장애인지 모르고 일반 초등학교에 입학했다. 그게 소여초등학교였고 나는 그곳을 4학년까지 다녔다. 처음에는 별문제가 없었다. 그런데 학년이 올라갈수록 아이들이랑 다른 걸 알게 되었다. 그게 순간순간 눈에 뜨였다. 부모님은 나를 병원에 데리고 갔고 나의 병명을 알았다. 부모님은 선천적인 나의 증상을 고치려고 무던히 애를 썼다. 하지만 나의 증상은 고쳐지는 게 아니었다. 치료받으면 조금 나아질 뿐이었다.

초등학교 4학년 때 음악실에 갇혔다가 탈출한 뒤로 나는 학교가 무서워졌다. 도저히 학교에 다닐 수가 없었다. 나는 학교를 그만두고 싶었지만 부모님은 안 된다고 했다. 그래서 시골에 있는 작은 학교에 다녔다. 부모님의 극진한 보살핌이 있었지만 그래도 일반 학교는 너무 힘들었다. 나를 바라보는 또래들의 눈길도 힘들었고, 나 때문에 힘들어하는 선생님이나 친구들을 보는 것도 편치 않았다. 나를 일반 학교에 보내느라고 부모님도 무척 고생했다. 힘겹게 초등학교를 마치고, 중학교에 들어갔다. 그런데 중학교는 상상을 초월했다. 초등학교 때 겪은 괴롭힘이나 놀림은 진짜 별일 아니었다. 아이들은 매우 교묘하게 나를 놀리고 괴롭히고 따돌렸다. 나는 도저히 견딜 수 없었다. 학교를 그만두고 집에서만 지냈다. 다행히 내 곁에는 음악이 있었다. 그래서 버티고 있는데 부모님이 나를 특수 학교에 보내겠다고 했다. 나랑 비슷한 아이들이 같은 학교에서 함께 공부할 수 있게 되면 훨씬 수월할 거라고 했다. 비슷한 환경을 겪었으니까 서로 이해하며 지낼 수 있을 거라고 했다. 나는 학교가 무섭다. 하지만 특수 학교라면, 나랑 비슷한 아이들만 모여 있다면 괜찮지 않을까. 나는 부모님의 말을 믿고 싶었다.

특수 학교는 소여초등학교 자리에 지어진다고 했다. 나는 꿈에 부풀어 '소여동의 빛'을 지었다. 하지만 그곳에 내렸던 빛은 사라졌다. 소여동 주민들이 반대하기 때문이다. 반대 이유는 터무니없다. 그래서 적고 싶지도 않다. 어쨌든 이제 소여동에 빛은 없다. 그러므로 선인장꽃의 노래 '소여동의 빛'도 없다.

예림은 선인장꽃의 글을 두 번 연달아 읽었다. 그리고 은채에게 선인장꽃의 글을 전달했다.

은채는 놀라서 곧장 전화를 했다.

"수림이였네!"

예림은 아무 말도 할 수 없었다. 선인장꽃이 수림이었다니 티끌만큼도 생각해 보지 못했다. 은채가 약간의 의심을 품을 때조차도.

은채가 기억을 끄집어냈다.

"수림이가 음악을 좋아했잖아."

"나, 수림이한테 무슨 짓을 한 걸까······."

"수림이인 줄, 아니다, 선인장꽃에게 선천적 발달 장애가 있을 줄 몰랐잖아."

은채의 말을 들으며 예림은 고개를 끄덕였다. 정말 몰랐다. 의심조차 하지 않았다. 선인장꽃의 노래는 좋았다. 따스했고 다정했고 부드러웠다. 단순하면서도 일상적인 노랫말도 좋았고 읊조리는 듯한 노래의 분위기도 좋았다.

"이런 노래를 만들 수 있는 아이였다니······."

여기저기 긁히고 찢긴 상처에서 흘러나온 피를 손바닥으로 문질러 대며 꺼이꺼이 목 놓아 울어 대던 열한 살 수림이 떠올랐다. 도망치듯 학교를 떠난 수림이 선인장꽃이 되어 나타났다. 그리고 예림은 선인장꽃의 음악에 단박에 매료되었다. 아니 예림뿐 아니었다. 선인장꽃은 사운드어스에서도 인기 있는 뮤지션 중 하나였다. 몸과 마음이 조금 느린 아이여도 충분히 할 수 있는 거였다.

예림이 중얼거렸다.

"학교에 다녀야 해!"

"뭐라고?"

"수림이 말이야. 학교에 다녀야 한다고!"

은채가 목소리에 힘을 넣었다.

"당연하지!"

"너, 아까 소여초등학교 앞에 아주머니들 무릎 꿇고 앉아 있는 모습 찍었지?"

"응. 찍었어."

"그거 가지고 뭐든 해 보자!"

예림은 마음이 바빴다. 소여동에 빛을 밝히려면 불씨가 필요했다. 이번에는 예림 자신이 큰불을 일으키는 불씨가 되고 싶었다.

은채가 가뿐하게 답했다.

"좋아! 같이 하자!"

예림은 씩 웃었다. 이제 할머니에게도 연락해야 했다. 엄마와 아빠, 나아가 특수학교설립반대 주민위원회 주민들과 싸우려면 할머니, 그리고 마산 아주머니의 도움도 필요했다.

소여동에 빛이 들어올 수 있도록 내가 힘을 보탤게!

예림은 선인장꽃의 글에 댓글을 달았다. 그리고 미안하다는 말도 덧붙였다. 차마 차단을 풀어 달라는 말은 적지 못했다. 예림의 진심이 전해진다면, 선인장꽃도 예림에게 걸어 둔 차단을 풀어 줄 거였다. 그러면 예림은 당당하게 자신을 밝히고, 수림을 환영할 것이다.

엄마가 현관문을 열고 집으로 들어왔다.

"김예림, 너 갑자기 왜 그러는 거야?"

예림은 자리에서 발딱 일어났다. 당장 엄마와의 싸움부터 시작해야 했다.

작가의 말

조금씩 살기 좋은 세상을
만들기 위하여

　고등학교를 졸업하기 전까지 나는 학생 시위라든지 민주화 운동을 알지 못했습니다. 내가 고등학교에 다닐 즈음은 우리나라에 민주화 운동이 거세게 일어나던 시기여서 조금만 관심을 가지면 어렵지 않게 접할 수 있는 단어였는데, 그런 단어들은 고등학생인 나와는 무관한 일이라고 생각했습니다. 고등학생은 학교와 집을 오가며 묵묵히 공부를 해야 하는 거라고, 민주화 운동이라 불리는 것에는 관심조차 기울일 필요가 없다고 믿었지요.
　대학생이 되어 사회 구석구석을 살펴보며 나는 참 창피했습니다. 학생 시위나 민주화 운동은 일반 시민이 정치에 참여할 수 있는 가장 간단한 방법 중 하나더라고요. 그러니까 민주 사회의 구성원이라면 누구나 사회 현상에 관심을 기울이며 자신의 생각을 기꺼이 표출할 줄 알아야 한다는 걸 너무나 늦게 알았던 겁니다. 작품에 등장하는 예림이보다 더 늦게요.

우리 친구들은 작품 속 은채랑 비슷했으면 좋겠습니다. 정의롭고 공정하다는 게 무엇인지 고민해 보았으면 해요. 그리고 이웃의 아픔과 불편을 살피고 공감하며 더 나은 방향으로 바꿔 보려 노력할 수 있는 현명함을 지녔으면 좋겠어요.

다행스럽게도 지금 우리 사회에는 은채와 같은 친구들이 많은 것 같습니다.

'나 하나쯤이야'가 아니라 '나 하나라도' 우리 사회를 건강하게 바꾸어 가는 데 일조할 수 있다면, 그렇게 하나가 하나를 만나 뜻을 함께한다면 우리 사회는 건강한 방향으로 발전해 갈 수 있겠지요. 바른 행동을 할 수 있는 바른 생각과 의식을 갖는 것은 기본일 테고요.

모두가 조금씩 살기 좋은 세상을 만들기 위해서 우리 친구들은 주위를 둘러보고 손을 내밀며 지냈으면 좋겠습니다. 그게 우리들, 평범한 사람들이 정치를 견제하고 참여하는 가장 손쉬운 방법이니까요.

최이랑